心臓と紫煙のカタストロフ

野口 心

Parade Books

残像を残しながら閃光を放つ切刃
刃先が薄い皮膚と動脈を切り裂く感触

地面に滴る朱殷
新鮮なヘモグロビンの薫香

ああ、あなたは僕に生きる糧をくれた
暗く澱んでいた日々に、力強い光を灯してくれた

耐えがたいほどの苦しみ
どうしようもないほどの絶望感、虚無感
厭世感にからめ捕られていた僕を
あなたは救ってくれた

ああ、嬉しくて泣いてしまいそうだ
あなたも泣いている

顔をくしゃくしゃにして
歓喜を表現してくれている
その頬に伝う雫がきらきらと煌めいている
人差し指で掬うと、ぷるんとしなやかに弾む
うっすらと開いた瞼から覗く榛色の瞳
もう僕を捉えない瞳に、ゆらゆらと歪む僕が映る

ドクッドクッ
高鳴る胸の鼓動は鎮まることを知らない
造血幹細胞から産生された血液が、末梢血管の隅々にまで駆け巡る
全身を蠢く生命の源
瞼を閉じると、その波打ちを強く感じる

深く息を吸う、限界まで
横隔膜が下がり、肺が破裂しそうになるまで
もっと、もっと

そして、ゆっくりと吐き出す
心臓の鼓動が、先程よりも大きくなって聞こえる
リズミカルに、美しい旋律を奏でるように

ああ、生きてる、僕は生きてるんだ
どこまでも深く、実感する

これほど、生きていることを実感する瞬間はないのではないか
僕は、この刹那に巡る生命の息吹を感じるために
生きているのかもしれない

Prologue

「罪を、認めるのか？」

「認めます」

「なぜ殺したんだ？」

「彼を、どうしても許せなかったんです。何の罪もない妻とあの子は死んだのに、それなのになぜ、あんな奴が生きているんだ。そう、思ってしまったんです。そうしたらもう自分を抑えられなくて、気付いたら彼の後を追っていました。あの時、考える時間は十分にあった。でも、私の決心は揺らがなかった」

「彼を殺して、その決心は覆らなかったのか？」

「……私はずっと、自分を正当化していました。あれは彼のためであったと。私は彼のために、殺したんだと」

「彼のため？　どういう意味だ？」

「私は彼に、生きる喜びとやらを教えてあげたかった。私が彼を殺す前、彼の首筋にナイフを突き立てる瞬間、彼は確かに生きているということを実感していました。それは、生きる上で最も大切なこと。彼は死ぬことを引き合いに、それを実感することができたんだと、私は思います……そう、思っていました。でも……それはただ私の価値観を押し付けただけで、全くもって自己満足でしかなかったことに気付いていなかったんです。いや、そう気付いていながらも、これで良かったんだと、自分に言い聞かせていたんだと思います。でも、自分の犯した罪を正当化することに、もう耐えられないんです。それに、妻と……あの子に申し訳なくて……」

「あの子とは、あなたの息子さんのことだね？　不運な交通事故に遭い、脳死になったと……あなたの奥さんも、その時に亡くなられたそうだが……」

「……はい」

「確か、ご家族を亡くした事故が起こったのは二十年前。あなたが殺人を犯した日は、息子さんの命日だった……。あなたの苦しみは分かる、と言いたいが、きっと私には到底理解できないような苦しみに苛まれていたのだと思う。しかし、殺人は殺人だ。あなたがしたことは、あなたの奥さんと息子さんを轢き殺して逃げた運転手がしたことと変わらないんだ。最愛の家族を亡くした手前、他人の生命を軽んじている若者に抑えきれないほどの憎しみを抱いてしまったのは、分からなくもないが……」

「……はい」

「あなたは、大切な存在を奪われた。そして奪った。真っ当に生きるとは、どういうことなんだろうな。あなたの家族を奪った運転手も、あなたも、私も、生きている。どの人間も、この世界に生を与えられて生きている。どう生きるかは、自分だけが決めることができる。それは決して、他人が口を出して良い領域ではないんだ。そして人間の世界には刑法というものがある。我々が生きる上で何よりも大切なものは、命そのもの。他者の生命を奪う行為は定められた刑法に違反する行為であり、それを犯した者は、法律に基づき処罰される。だから、あなたはここにいる」

「……」

「あなたの罪は、二件の殺人と一件の殺人未遂だ。間違いないか？」

「……はい」

「あなたはこれから検察に送検され、裁判によって正式に裁かれることになる。尊い生命を奪ってしまったことを反省し、過去を受け止め、しっかり罪を償うように」

「……はい」錆びたパイプ椅子に座る男の眼は虚ろで、まるで虚無感の塊のように薄れている。その姿は、自らの心底で膨らんだ自責の念に今にも押し潰されてしまいそうなほどに弱々しく、痛ましく、見るに堪えられないと、刑事は思った。しかし、滲んだ瞳の奥底には微風に靡く蝋燭の灯火のように、微かな何かが揺らめいているように見えた。

I

僕は昔から、人付き合いというものが苦手だった。僕には他者の考えていることが分からなかったし、何を考えているのか興味を持つこともなかった。だから、友人達が楽しそうに会話しているのを見ても、何がそんなに楽しいのだろうと思っていた。僕には、会話をすることの意味が、その概念がよく分からなかった。そのせいかよく仲間はずれにされたし、まるで空気のように扱われることもあった。僕はその度に傷付き、彼らの態度の変化に一喜一憂し、疲弊していた。

僕が通っていた小学校の目の前には、大きな国道が通っていて、幼い僕達は歩道橋を渡るように指導されていた。放課後の帰り道、そこを渡るといつも、胸が締め付けられるような苦しさを感じて泣きそうになった。そんな時、僕は背伸びをして、歩道橋の真下を流れる自動車を眺めることにしていた。そうしていると、何だか心が楽になるような気がしたから。緩やかに進む自動車の群れを眺めていると「ここから落ちたらどうなるのだろう？」という疑問が漠然と頭を過ることがあった。これが「辛い」という感情なのだと、これが「死にたい」という気持ちなのだと、自殺した誰かのドキュメンタリー番組を見た時に思った。

孤独を恐れた僕は友人達が離れてしまうことに怯え、彼らと同じような自分を見様見真似で演じていた。同じように笑い、同じように怒り、同じように驚き、まるで全ての感情を共感しているかのように、彼らの表情や仕草を倣うことに必死だった。

友人達の会話の輪に入っていると、よく誰かのことを笑ったり、蔑んだりすることがあった。それは決まってそこにいない誰かのことで、僕は最初本人がいないところで話すのを不思議に思っていた。直接言わなければ、何の解決にもならない。そう思いながら、僕はただ頷いていた。しかし、友人達は解決することを意図として話しているのではなく、それを共有する仲間と一体感を得られることが心地良いだけなのだと、ある時気付いた。そしてその材料が誰かの非であることが、どうやら都合が良いだけなのだ。彼らは誰かを悪者にすることで、まるで自分たちが善人になったかのような優越感を味わい悦に入りたいだけで、それは恐らく彼らがまだ幼く無垢故に無意識に行う、残酷な仲間意識の形成方法だったのだろう。

そして僕がいない時にも、同じように僕のことを笑っているのかもしれないと思ったら、僕は途端に不安になった。彼らから離れることが怖くなり、まるでバケモノのように見えた。

だから僕は、その当時流行っていたナイキの靴やアディダスのキャップを父親に強請ったり、サッカーワールドカップやメジャーリーグの試合を見たりして、彼らの輪に溶け込もうとしていた。

不意に、思うことがあった。僕は一体何をしているのだろう。しかしその時の僕にとっては彼らと過ごす世界が全てで、その世界から弾き出されないように彼らと同じように演じることが、ここで僕が生きていくための術だと思っていた。

時々、僕は何かを求めるように夜の街を彷徨う。冷蔵庫には丁寧にラップを掛けられたオムライスが用意されていたが、それには手を付けずに、僕は闇に紛れる。空腹の状態が心地良いと感じるから。何も考えられないのは空腹のせいで、足に力が入らずにふらふらするのは低血糖のせいだと思えるから。雑踏が鬱陶しい昼間とは打って変わり、夜になると、それまで街を賑わせていた群衆はそれぞれの寝床へ吸収され、街全体がひっそりと静まり返る。その対照的な空気感が、心地良かった。自動車のエンジン音や酔っ払いの不規則な足音、ホテルへ向かうカップルの囁き声、大学生の着けるヘッドホンから漏れるロックな音楽。静寂を彩る微かな雑音が、僕は限りなく好きだった。晦冥を照らす電燈の灯が星々を隠し、空を見上げても霞んだ星空が見えるだけ。暗がりへ溶け込む僕の視界が闇に飲まれないのは、等間隔に立ち尽くす電燈が、僕の足元に温かな灯を投げかけているから。弱々しく地面を照らすそれをぼんやりと眺めながら、僕は歩く。何を求め、どこへ向かっているのか？ そんなものは愚問であり、目的などなく歩いているのだ。僕が好きな、夜の街を。時々、千鳥足で顔面を紅潮させた男が気持ち良さそうに、もしくは顔面蒼白の男が気持ち悪そうに歩いてくる。時々、つまらなそうに携帯電話を弄る派手めな女性を後部座席に乗せたセダンが、僕を追い越して走り去って行く。そしてそれらが通り過ぎた後に残る静寂は、哀愁が漂い、なんだか心が安らぐ。

不意に、僕は足を止める。どこからか、何かが聞こえたような気がした。耳を澄ませても、もう何も聞こえない。当てもなく歩いていた僕は、その音が無性に気になった。音の聞こえた方を探して、大通りの路肩から伸びる階段を下る。電燈の灯が届かないそこは漆黒の闇に包まれていて、僕は無意識に足を忍ばせて進んだ。小さな石ころを踏んだ音が暗闇に響き緊張感が高まる。この先に、何か得体のしれないものが潜んでいるのではないかと思う。一体何が、僕を待ち受けているのだろう？　僕の鼓動は次第に大きく高鳴り始める。空耳かもしれない声が、あるかも分からない何かを連想させて期待が膨らむ。

「うっ」先程聞いたような音が、今度はしっかりとした声となって聞こえた。人の声だ。こんなところで？　何をしているんだろう？　声の聞こえた方へ進むと、雑草が生い茂るトンネルが見えた。土管のようなトンネルの奥から差し込む電燈の灯が、暗闇に佇む男と、その足下に這いつくばる男を影のように映し出している。慎重に足を運びながら近付くと、二つの影に淡い色が灯った。おや？　そう思ったのは、浮かび上がる影がまるで犬の散歩のように見えたからだ。四つん這いで歩く男の方はどうやら右足を負傷しているようで、その足を引き摺るようにして進んでいる。傍らに立つ男はその様子を見下ろしながら、歩調を合わせて歩いている。冷えた空気が支配するトンネルには、四つん這いになる男が吐き出す荒い呼吸音だけが響く。やがて男は力尽きたように臀部と両手を地面に放り投げ、傍らの男を振り返った。灯に照らされたその顔は、遠目だが僕より少し大人びただけの青年のように見えた。余程苦しいのか、青年は肩を大袈裟に動かして必死に呼吸を繰り返している。恐怖。その感情が、青年の表情を強張らせているように見えた。そして青年の呼吸を更に乱れさせているように見えた。思わず唾を飲み込む。これから、何が起こるのだろう？　微かな恐怖と微かな期待に支配され、僕は青年から目を離せなくなる。青年の大腿には、ナイフのようなものが刺さっていた。ナイフと皮膚の隙間からは血液がどくどくと流れ、ぽとりぽとりと地面に滴っている。不意に、男が青年の前にしゃがみ込んだ。深く被ったフードによりその表情は見えないが、青年に向かって何か囁いているように見えた。

「胸に手を当ててごらん。聞こえるだろう？　心臓の鼓動が」青年は男を凝視したまま動かない。その唇は震え、地面を掴む手も、震えていた。

「君は今、生きているんだよ？　ほら、目を瞑ってごらん。聞こえてくる筈だ。君の、心臓の鼓動が。君が生まれてから今まで、休むことなく動き続けてきた心臓だ。君の全身の細胞には、その律動的な収縮により生命の源が吹き込まれている。人間の身体というのは熟、その神秘的な造形物に生かされていると思わないかい？」男の声色は優しく、穏やかだった。

その時、青年の瞳から涙がぽろんと零れ落ちた。希望と絶望が溶け合うような瞳から。電燈の光に反射して煌めくそれは、美しい曲線を描きながら青白い頬を伝う。

「君は、君の生命の肝ともいえる心臓が動いていることで、今、生きている。そうだろう？　僅か握りこぶしほどの小さな臓器が、我々の生命の根源なんだ。しかし心臓はその小ささも然り、決して強くはない。私が今、君の心臓をこのナイフで貫いたら、君はたった数秒で死んでしまうだろう。我々の生命というのは儚く脆い、それ故に尊い。さて君は、刹那的ともいえる限りある生命の尊さに気付いているかい？　生きているということを、限りなく実感することができているかい？　巡り巡って授かった生命を、心を込めて生きることができているかい？」ゆっくりと語る男はそう言って深く息を吸い、吐き出した。

「私はね、与えられた生命を、その限りまで生き抜くことにどうしても価値を見出せないんだ。生きることにおいて大切なのは時間じゃない。密度だと、思うんだ。だから、どこまでも貪欲に生き続けることは愚行にしか見えない。私はね、ただ純粋に生きていることを、偶然に与えられた『生』そのものを、その歓喜を、その悲哀を、雷鳴の如く痛感することが、今を生きる我々の宿命だと思うんだ」男の声は、芯が通ったような力強さの中に、どこか寂しげな雰囲気を纏っていた。

「……生きたいかい？」最後に、男はそう付け加えた。青年は暫し呆然としていたが、やがて一心不乱に首を縦に動かした。

「……はい…………はい、はい！　も、もちろんです……生きたいです生きたいです、生きたいです!!　……死にたくないです……助けて……助けてください……」遮二無二首を動かして懇願する青年を男は静かに見つめ、カチカチと震える頬に手を伸ばした。男の指が優しく動き、その目尻に溜まる涙を掬い上げた瞬間、青年の拘縮した表情筋は解け、緊張感から解き放たれたように柔らかくなった。ほろほろと溶けるような表情を見た男は青年の耳元に近付き、抱き締めるようにその首に手を回した。そして、重く鈍い呻き声が聞こえた。トンネルの中で重なり合う影に、青白い青年の顔が浮き立って見えた。どこか遠くを見つめるような、焦点の定まらない瞳に涙が溢れている。必死に歯を食い縛るその顔が、醜く歪む。引き笑いのような、ウシガエルの鳴き声のような、気味の悪い呻き声が聞こえる。凡そこの世の物ではない、まるで妖怪のように青白く不自然に引き攣るその表情を、僕は激しく打ち付ける鼓動を感じながら見つめていた。

　時間が止まってしまったように静止する二人の影を、じっと眺めていた。動いたのは男の方だった。男は俯いたまま青年の手首にそっと触れ、見開かれたままの瞳に掌を重ねた。その意味を理解した時、僕は、僕の中に確固として存在していた渇欲が満たされたような、充足感を覚えた。何だろう？　この心地良さは？　今までに感じたことのない感覚に困惑した。男は静かに立ち上がり、トンネルの奥へ歩き出した。革靴がアスファルトを踏み締める音が静寂に響き、やがて男の姿と共に消えた。男の残像を眺めながら、僕は先程の出来事を想起した。何が、起こったんだ？　いや、何が行われたのか理解している。衝動的に、青年の元に駆け寄っていた。力なく首を垂れる青年を前にしゃがみこみ、ぴくりとも動かないその様を見て、思わず唾を飲み込んだ。その頬に手を伸ばし、乾いた涙の跡に触れる。ひやり……温かい皮膚に青年の温もりを感じ、ぶるんと肩が震えた。瞼を閉じ、半口を開けたままの青年は、やはり僕と変わらない年のように見えた。今にも穏やかな寝息が聞こえてきそうなその姿は、まるで居眠りをしている授業中の学生のようだと思った。

ぽとり。不意に、冷たい感触を感じた。青年の睫毛に絡まる涙が、僕のパンツを濡らしていた。血の気が引いた頬にちらつくそれがきらきらと輝いて見え、思わず手を伸ばした。不意に、どこからか漂う芳しい香りに気付く。どこか鼻を刺す、懐かしいような、不思議な香り。どこかで嗅いだことのあるような香りだが、思い出すことはできなくてもどかしい。視線を落とすと、青年の大腿から血が溢れていた。それはまるで、青年を生かしていた血液がその業務を放棄したかのようで。いや、正確にはもう業務を遂行する必要が無くなったという方が合っているのかもしれない。地面に落下した血液は、アスファルトの隙間を縫い奥へ吸収され、そこから漂う鉄の香りが、非凡な刺激臭として僕の脳内を擽っていた。

ひどく魅惑的なそれに呆然としていた時、どこからか酔い痴れた男女の話し声が聞こえてきた。反射的に青年から離れた僕は、急いで来た道を引き返した。蹌踉めきながら階段を駆け上がると、身を寄せ合いながらこちらへ近付いてくる男女の姿が見えた。見つめながら囁き合う彼らは、身を寄せてキスをした。まるで僕の存在に気付いていないように、二人だけの世界を醸し出している。その瞬間、僕は急に息苦しさを感じて、胸を押さえた。それは、走ったことで血液中の酸素濃度が低下したからではなく、熱い抱擁を交わしながら重なる男女の心臓部分を見て、興奮の冷め切らない僕の身体が激しく反応したからだと思う。

人は誰しもが完璧ではない。そう思っているのは僕だけだろうか。いつからか掃除をすることも、お風呂に入ることも、食事を摂ることすらも煩わしいと感じるようになった。好きだった映画にも、暇さえあれば読んでいた小説にも、趣味と言えるほどの興味を示さなくなった。自分の変化に、気付いていた。どうしたのだろう？　そう思ったが、何となく察しが付いていたのも事実だった。この世界を生きていく上での楽しみ方が分からない。朝起きるのがつらい。学校に行かなければならない。友人達が何をそんなに楽しそうに騒いでいるのか分からない。理由もなく落ち込む。帰ってきても、何もする気にならない。父親が作った夕食を食べる。味がしない。美味しいとも感じない。時々ラーメン屋にふらりと入り、熱い汁が絡んだ麺を一心不乱に啜る。元々容量の少ない胃をぱんぱんにすると、満腹を超えた気持ち悪さに支配され、何もかも忘れたように眠りにつくことが出来る。時々友人達の集まりに参加して、煽られるままにお酒を飲む。そのままお酒に呑まれて、何もかも忘れてしまいたいと何度願ったことだろうか。身体が崩壊するまでアルコールを流し込み、平衡感覚を失い、思考回路も鈍くなり、記憶も定かではなくなり、そのまま意識を手放せたら、ほんの一時でも僕が僕であることを忘れられたら、どれほど幸せなのだろうか。いつもそんなことを思う。しかし、たった一杯のビールが、たった二十グラムのアルコールが、肝臓で分解されたアセトアルデヒドが、僕の嘔吐中枢を刺激する。アルコールが血流に乗った途端に、僕の中にいる細胞が騒ぎ出す。アルコールの快感を味わう前に身体の防衛反応が働き、希望を込めて流し込んだアルコールを全て吐き出してしまう。なぜ、酔わせてくれないのだろう。忘れたいのに、全てを忘れたいのに。僕の身体は僕の願いを理解することもなく、自らの生命維持機能を果たすために正常の状態を保とうとする。紅潮して呂律が回らなくなった大学生やサラリーマンが、高々に歌いながら肩を組み千鳥足で歩いていく。そんな賑やかな姿を、いつも羨ましく思っていた。僕もあんなふうになれたら、そう思うとつらくなった。生きるって、何なのだろう？　人生を楽しく生きろって、どうやって？　確実に死に向かっていく道中を楽しみながら歩けたら、どれほど幸せなのだろうか。

「病んでるの？」時々、冗談混じりにそう聞かれることがある。その言葉を聞く度に、僕は胸が締め付けられるような息苦しさを感じた。悪意は決してない。ただの純粋な質問。分かっているのに、そんなことは分かっているのに。なぜこんなにも、苦しいのだろう？　幾層にも張った心のガードは少しずつ、少しずつ傷付けられて。内皮細胞の機能を失った血管のように、僕の心は硬化していく。どんなに鋭い矢が飛んできても、幾千の小さな縫針が刺入してきても、僕の心が崩壊しないように。僕の無意識下で、膜を破られた心が再び膜を形成するように、厚く、厚く肥厚していく。これ以上、傷付かなくても良いように。これ以上、傷付きたくないから。身を守る術として、鋼の如く心を研磨する。そうするうちに、いつからか悲しみ以外の感情の閾値も上昇してしまったのだろうか。喜び、怒り、哀しみ、楽しみ。人間の基本の感情ともいえる喜怒哀楽が、僕の中から消え失せているように感じる。お願いだから、そんなこと言わないでほしい。病むという意味を分かっていながらも、そんな気持ちになったことがないのだろうか。もしそうだとしたら、それはとても幸せなことではないかと思う。まるで泥沼のような道を、まるで陸上競技場のタータンであるかのように走れたら、どれほど幸せなのだろうか。

Ⅱ

瞼が自然に開かれ、歪な視界が徐々に本来の形を取り戻していく。真っ直ぐに目に飛び込んできたジェームズ・ディーンのポスターに、思わず安堵する。お馴染みの赤いブルゾンではなく、大袈裟な肩パッドが入ったロングコートに両手を突っ込んだまま雨に濡れた街を闊歩する写真が、父親のお気に入りらしい。端正でとびきり甘いマスクが煙草を咥えながら歩く姿には男らしさが漂い、同性でも憧れの念を抱いてしまう。僕がこの家に来た時には既に貼られていたから、この部屋は元々父親が使っていたのだろうか。しかしわざわざベッドの真上に貼るとは、余程彼に心酔していたのだろう。そんなことを思いながら、前方のドアに視線を向ける。先程から、コツコツと槌で何かを打ち付けるような音が聞こえている。

「遙、遅刻するぞ。早く下りてこい」どうやら僕は、軽快なリズムを掻き消すような鬱陶しい声に起こされたようだ。

「分かってるよ」ぶっきらぼうにそう言うと、スリッパが床を擦る音の後に、階段を下りる足音が遠退いた。起き上がると、身体が鉛のように重かった。ベッドに置いたはずのスマホが、いつの間にか床に転がっており、手を伸ばして拾い上げると、自然に光を灯した画面には7:00の数字が並んでいた。僕は大袈裟に溜息を吐いた。家を出るまでまだ一時間以上ある。いつも僕より先に家を出るか、僕より後に起床する父親がそのことを把握していないのは当然だ。しかし、この時間に父親が起きていることは珍しい。何かあったのだろうか？　まだ二度寝する猶予はあるが、一度起こしてしまった身体を横にするのも面倒に思え、思い切ってベッドから立ち上がった。そのままふらふらと階段を下りリビングの扉に手を掛けた時、肉の脂のような芳しい香りが漂い、憂鬱な気分が少し晴れた気がした。扉を押し開けると、奥のオープンキッチンに、血色の良い顔を覗かせる父親がいた。その姿に違和感を覚えたのは、フライパンを握っていることよりも、見慣れない花柄のエプロンを着けているからだと思った。

「何？　そのエプロン？」

「ん？　どうだ、可愛いだろ？」

「え……」

「おいおい、そんな露骨に気持ち悪そうな顔をしてくれるなよ」

「花柄って……何それ？　買ったの？」

「……安心しろよ。これはひな……俺の、奥さんのなんだよ。棚に仕舞ってあったのをちょっと思い出してな……」

「奥さん？　父さんの……？」父親の照れたような笑みを前に、僕ははたと思い出す。父親が愛していた存在。きっと今でも、愛している存在。父親の、妻であった女性のことを。その人は、交通事故で亡くなったらしい。施設で父親と向かい合った時、潤んだ瞳を無理に細めながら、そう話されたことを覚えている。一緒に暮らし始めてからは父親がその話をすることはなかったから、あえて僕から聞くこともなかった。そういえばずっと前に、興味本位で父親の部屋に忍び込んだことがあった。その時、机の引き出しの中に見つけた一枚の写真。そこには父親と知らない女の人、それに小さい男の子が写っていた。あれは家族写真だったのだろう。澄んだ青と橙の中で笑う幸せそうな家族。まだ幼かった僕は、その写真を見ても特に疑問に思うことはなかったが、父親には愛する人がいて、二人の間にはまだ小さな子どもがいた。そして凄惨な事故が家族を分かち、父親は孤独の海に沈む。しかしあの子は？あの男の子は、どうなったのだろう？　事故の時一緒に犠牲になってしまったのだろうか？

その行方を、僕はまだ知らなかった。

「それより、もっとしゃんとしろよ。何事も初めが肝心だ。朝ご飯をしっかり食べれば、一日がより充実する」

「急にどうしたの？　気持ち悪いんだけど」人が変わったような台詞を唐突に口にする父親

に、僕は唖然とした。父親は笑いながら、使い慣れていないフライ返しを掴み、明らかに焦げたベーコンと目玉焼きを皿に移そうと苦戦していた。僕はテレビから垂れ流されている朝の報道番組に一瞥をくれながら、皮張りのソファに深く腰を下ろした。木材を基調としたリビングに堂々と構える本革ソファは、父親のお気に入りだ。大分年季が入っているが、それが革に柔らかな質感と味わいを与え、妙に落ち着く。

「今日休み？　珍しいね、この時間に会うなんて」

「あー……最近は働き詰めだったし。たまにはゆっくりと休日を謳歌しようと思ってな」

「ふーん」父親が何の仕事をしているかは知らない。ただ、よくリビングでパソコンと対峙し、何やら暗号めいた文章を打っている姿を目にすることがある。以前、徹夜していた父親に珈琲を淹れてあげた時に、論文を書いていると言っていたから、そういう仕事なのだろうと思っていた。

　柔らかいソファに座ると、いつも眠くなってしまう。窓から差し込む日差しが心地良く、自然に瞼を閉ざす。気持ちの良い天気だ。今日は雨は降らないだろう。最近雨の頻度が高いから、少し心配していた。今日はサッカーの授業があるから、雨だけは降ってほしくなかった。球技はあまり得意ではないが、保健の授業を受けるよりかはましだ。非遮光のレースカーテンを透過した日光に心地良さを感じていると、不意に、以前受けた保健の授業のことを思い出した。確か、中学生の頃。

　梅雨の時期、突如降り出した雨のせいで、授業は保健に切り替わり、僕達はジャージのまま教室に戻された。ロッカーの匂いが染み付いた教科書の砂埃を払いながら指定されたページを開くと、裸体の男女のイラストが描かれていた。想像もしなかったイラストにクラスの男子は鼻を広げ、女子達はあからさまに興奮する男子達を冷ややかな目で見つめていた。授業内容は思春期の変化についてだった。第二次性徴期の身体的変化について淡々と語る体育教師の話を熱心に聞く生徒の様子は、普段の授業とはまるで逆だと思った。しかし、内容が第二次性徴期の精神的変化に移行した時には、急速に教室の熱が冷めていくのを感じて、まるで $y=-x^2$ の放物線のようだと思った。教師の話など誰も聞いていないような空気感の中で、僕はその内容に、少なからず興味を覚えた。「思春期には、青年は自らのアイデンティティを確立しようとして、それまで自分の道標であった親を遠ざけるようになる」親指と人差し指で鼻根を押さえながら、体育教師は言った。利き手で押さえるものだから、触れた部分にチョークの粉が付き、密やかにお喋りをしていた女子がそれを見てクスッと笑った。しかし、最前列で綺麗に畳まれた教科書の上に眠りこける男子にも注意しない教師は、自らの失態に気付くこともなく、欠伸を隠すために執拗に鼻根を押さえ続けていた。もはや狭い教室に拘束された誰もが、確かに流れる時間が少しでも速くなるものかという淡い期待を抱いていることは明白だった。沈殿した教室の重い空気を感じながら、果たして僕は、自己主張のために親に対して自暴自棄になる時期が来るのだろうかと疑問に思った。自己主張したいという願望があるにもかかわらず、他者とのずれを極度に気にするために、それを抑制してしまうという思春期の心理には共感できる。しかし、僕には自己主張したいという欲求がないわけはないが、親を突き放してまでも主張するほどの価値も、意欲も持っていないのだろうと思った。

瞼を開けると、様々な色を映し出すテレビが目に入り、横から筋肉質の腕が現れた。まるで朝顔の蔓のような太い血管を巻き付けた腕は香ばしい匂いを纏い、肉厚なベーコンと目玉焼きがのせられた皿をテーブルに置いた。鼻腔内に侵入する胡麻油と肉汁の芳香に睡魔を吸収されたせいか、粛々と話す男性アナウンサーの声が、明瞭な音声信号として僕の中に流れ込んできた。

……ここで、先週発生した新宿大学生殺人事件について、新たに判明したことをお伝えします。この事件は十六日午前六時、東京都新宿区にて都内の大学に通う成瀬加純（カズミ）さんの遺体が発見されたことで発覚しました。遺体発見現場は新宿駅東口から五十メートルほど離れた路地で、凶器は刃渡り十二センチの果物ナイフと見られています。胸部の傷は心

臓にまで達しており、死因はそれによる失血死でした。警察は殺人事件として捜査に当たっていますが、未だ犯人逮捕には至っていません。ここで、犯人に関する新たな目撃証言が入ったようです。これは、十五日の深夜に現場近くを通り掛かった通行人の方からの証言で……

心地良い気分の中に突如として侵入してくる重苦しいニュースは、微かに残る睡魔により完全には理解できず、僕はただ、驚くほど滑らかな滑舌に感心するだけだった。

「久々の休日に、優雅なひと時を味わおうとしたのに。世の殺人鬼は、そんな馬車馬の願いなど汲んでくれないらしい」声のする方を見ると、いつの間にか父親がソファの端に深々と腰掛けており、湯気の立つ珈琲を啜っている。大きな欠伸をした後であることは、目尻に溜まる水滴を見れば明らかだ。

「せっかくの休みなら、まだ寝てればいいのに」そんなことを言いつつもテレビ画面を凝視する父親に呟きながら、用意された箸でベーコンを半分に切り、片方を口に放り込んだ。脂身が多い部分を選んだせいか、溢れるほどの肉汁が舌に絡まる。若干潰れている目玉焼きに箸を入れると、半熟の黄身が溢れて、ベーコンに重なる。それらを一緒に口に含むと、とろりとしたまろやかな黄身が肉汁を包み香ばしい味わいが広がる。若者の生命が奪われるという悲痛な殺人事件とか、料理をしない父親が朝食を振る舞っている違和感とか、腰に巻いた花柄のエプロンに対する興味とか、強引に起こされた苛つきなどが全て、どうでも良く思えた。

「ごちそうさま」次のニュースに移った番組をなおも見ている父親を残して立ち上がる。

「皿は流し台に置いといて。後で洗うから」

「うん」珈琲を啜る父親を残しリビングを出る。いつもは食べない朝食を食べたせいか、少し気持ち悪くなり、階段を上るだけで息が切れた。部屋に戻ると、そのまま倒れ込むようにベッドに横になった。どこか落ち着かない。身体は重怠く、動かすのも面倒に感じるのに、胸がざわざわと犇めいているような感覚。それはきっと、あのニュースを見たからだろう。僕は、興奮しているのだろうか。あの日、あの瞬間を見た時から、僕は興奮していた。生活は全く変わらない。しかし、あの人が口にした言葉を鮮明に覚えている。そして、それが僕に活力を与えていることは確かだと思った。僕は枕元に置きっ放しにしていたスマホに手を伸ばし、音楽アプリを開いた。停止中になっていた曲を再生すると、単調なピアノの音が弾くように流れ、短い息継ぎの後に、透き通るような声がリズムに合わせて流れてくる。僕の、お気に入りの曲。それは世間からずれた自分を肯定するような、そして自分を非難する人々を罵倒するような、敵対心や憎悪、歓喜などの感情が狂ったように綯い交ぜになっているような激しさがあった。そしておどろおどろしい世界観を奏でる歌声が、あまりにも美しかったことが僕に緩やかな衝撃を与え、強く引き寄せられたのだと思う。

自分は周りとは違う。間違っているのは自分以外の奴らだ。もう僕に構わないでくれ。僕は僕の生きたいように生きるんだ。僕の幸せを勝手に決めつけないでくれ。僕の価値観は僕のものでしかないんだ。僕の幸せは、僕だけが決められるんだ。まるでそんなふうにして、自分を特別視して、自分の内に秘められた能力を過信して、周りの人々を見下し、自分だけが雛壇にいるような優越感を作り出して、笑みを漏らしているような人間が思い浮かぶ。何が周りとは違うだ。何が自分は天才的なセンスを持っているだ。自分だけは世間に洗脳されまいと威張っているが、そんなことは既に知っていて、あえて洗脳されているように振る舞い、上手く世間に溶け込んでいるのだとしたら。洗脳されまいと頑なに足を踏ん張っている僕は、ただ幼稚なだけなのだろうか。見事に洗脳されている世間を嘲笑っているが、それはただ、自分に酔い痴れているだけなのだろうか。不意に思う。洗脳されているのは、どちらなのだろうか？　もしかしたらそれは、僕の方なのかもしれない。

無意識に、指で前髪をかき上げながら掌を額に被せた。何となく熱いような気がする。身体が怠いのはそのせいだろうか。それとも、元々これくらいの体温なのだろうか。基準が分からないのでは比べようが無い。僕はゆっくりと息を吐き、静かに瞼を閉じた。

額に触れる掌の感触を、覚えている
あの感覚、何とも言えない、心地良さ
熱を帯びた額に触れる手は、まるで氷を当てたかのように冷たくて
高熱により意識が朦朧としている僕は、その快感を求めるために
母親の姿を探して部屋の中を彷徨う
ふらふらと近付いてくる僕を見て、心配そうに顔を覗き込む
その手が伸びて、僕の頬に触れる
優しい手触りに、無意識に目尻に涙が溜まる
抱き締められた感触、太陽に包まれたかのような温かさ
その瞬間、僕は世界で一番幸せなんじゃないかと思った
徐々に瞳を赤く染める僕を、淡い茶色の瞳が見つめる
その眼差しから、僕は逃げられない
やがて頬に添えられた手が、僕の額に触れる
ひやり
母親の手は、いつも冷たい
その冷感を待ち焦がれていた僕は、忽ちその快感に囚われる

ハルちゃん、また熱が出ちゃったのね
快楽を貪る僕に、穏やかな息が掛かる
あの感触、あの声が、僕に昇天するほどの安らぎを与える
懐かしい、ただひたすらに愛おしい、母親の存在
幼い記憶を手放すまいと、心に誓ったはずなのに
少しずつ、時を重ねるほどに
まるで掌で水を掬った時の儚さのように
溢すまいと、力を入れて隙間を埋めたはずなのに
水の粒子は僕の願いなど素知らぬ顔で
僅かな逃げ道を見つけて溢れ落ちてしまうように
どんなに願っても、どんなに手を伸ばしても
嘲笑い、軽蔑し、僕の手など簡単にすり抜けて
僕の幸せな時間が、記憶が
僕から離れていってしまうのはなぜだろう?

III

父親の奥さんは、どういう人だったのだろう？　なぜ、亡くなってしまったのだろう？　あの男の子は、今は何をしているのだろう？　父親の背景に連なる家族のことを考えた時、恐らく必然的に、母親のことを思い浮かべていた。僕の、母親。物心付く前に、僕の前から消えてしまった母親。記憶には、殆ど残っていない。微かに残る記憶さえも、覚束ない。僕の母親は、どういう人だったのだろう。なぜ、僕の前から居なくなってしまったのだろう。

夢の中で、僕はそんなことを考えた。多分、これは夢。目を瞑る前に刹那に考えたことが、眠りの中で想起されているんだ。胸がじんじんする。僕は、泣いているのだろうか？　なぜ？

微かに残る記憶は定かではなく、もしかしたら、時間の経過とともに僕の中で美化されたものなのかもしれない。

窓側の後ろの席。教室にいる生徒を見渡すことができる席。教師からの目が行き届かないため、授業そっちのけで外をぼんやり眺めていても注意されることは少ない。最も優越感に浸れる場所。一番のお気に入りの席を、数日前の席替えで手に入れた。窓枠の埃が少し気になるが、僕はいつもそこに頬杖を付いて、窓から見える校庭を眺めていた。

呆然と外の景色を眺めていたら、自分が思っていたよりも空が暗くなっていることに気付いた。まるで地上を支配するかのように広がる分厚い雲が太陽の光を遮断し、鈍色に濁って見える。そのせいで、教室の雰囲気も暗くどんよりとしている。少し冷えるのは、建て付けの悪い窓枠の隙間から僅かに外気が流れてくるからだ。冬も深まり、春の訪れを早々に待ち焦がれる季節。乾燥した空気に吹き込む風はより冷たく感じる。そのせいか、年配の教師陣は皆、教室に入るとまず暖房のスイッチを入れる。しかもなかなか高い温度に設定するため、その度に教室に拘束される生徒達は地獄のような睡魔と戦う羽目になる。適度に教室を動き回り、適度に口を動かしている教師には丁度良いのかもしれないが、ただ椅子に座り机に向かってペンを動かすだけの生徒からしたらたまったものではない。エアコンは廊下側後方の天井に取り付けられているため、圧縮された高温の熱エネルギーは集中的に廊下側に座る生徒を直撃する。リモコンの主導権を握る教師は、教室内をうろつく以外は中央の教壇に立っているため、その違和感に気付かない。熱せられた教室内で涼しい顔をしていられるのは、窓側に座る生徒のみ。狭い教室内でそんな奇妙な現象が起きていることなど露知らない教師は、いつも通り自らが快適であると思っている温度に設定してから、黒板に向かいスラスラと三角形の図形と数式を書き始める。

授業も後半戦に入り、所々で転寝を始める生徒がいる中で、教室内には教師の声と、黒板にチョークを打ち付ける音が響く。石膏カルシウムを原料としているチョークはタッチが滑らかで、耳に残るハイヒールの足音のような音が響かないため心地良いが、筆圧の強い教師は秒速で折るため、一つの授業で何本ものチョークを無駄にする。チョークが黒板を滑る音。コツコツと黒板を叩く音。直線を描く音。受け皿に放り投げられる音。全てが心地良いBGMのように聞こえ、それに重なる教師の声がやや雑音に感じる。僕は、緩やかに流れる音に耳を傾けながら窓外に目を向けた。校庭でハードル走をする生徒達を見て、僕は不憫に思った。こんな寒空の下でハードル走をするなど、可哀想でしかない。冷気により筋肉が拘縮している状態では、身体が思うように動かずにハードルを踏み倒す確率が上がるだけではなく、板に脛を打ち付けた時の痛みを倍増させる。つい先日、初挑戦にして弁慶の泣き所を思い切り打ち付け、まるで三途の川さえも脳裏に浮かぶほどの尋常ではない痛みを味わったことを思い出し、僕は苦い顔をした。黙々とハードルに向かう生徒を憐れみの表情で眺めていると、校門に人影を見た。遠目だが、スーツを着た中年のサラリーマンのように見える。リュックサックを背負い、自転車のサドルに手を掛けてじっと校舎がある方向を眺めている。周囲を歩く人々の中で、まるで時間が止まっているかのように、校舎を見上げる男は動かない。何をしているのだろうか？　その男を認識してしまったせいか、僕は何となく気になり、男の様子を窺った。その時、校内にウェストミンスターの鐘の音が鳴り響き、教室のあちこちで椅子を引く音が聞こえた。一瞬で騒がしくなる教室に視線を戻すと、黒板に書かれた数式は綺麗に消されていた。僕は途中になっていた証明に目を向けて、そのままノートを閉じた。再び窓外に視線を戻すと、先程まで並んでいたハードルは既に片付けられ、生徒達がぞろぞろと教室の方に歩いてくるのが見える。校門からこちらを眺めていた男は、いつの間にかいなくなっていた。

まだお昼過ぎだというのに、太陽の光を遮断した店内は薄暗かった。時代を感じさせるアンティーク調の裸電球が天井からぶら下がっており、木調の店内を温かく照らしている。こぢんまりとした狭い店内だが、帰宅ラッシュに突入した時間帯であるせいか、数少ない席はジャケットを脱いだサラリーマンの姿で埋まり、溢れた客は店外に並ぶパイプ椅子へと案内されている。責務を終えた労働者の呼気が充満している店内では、制服姿の僕は少し浮いているように感じる。熱気の立ち込める厨房には、額にタオルを巻いた若い男性店員が、皮膚に滴る汗を拭き上げながら湯気の立つ寸胴と対峙している。威勢の良い掛け声とともに、筋肉質の太い腕が伸びてカウンターに置かれた器からは、熱した油のような香ばしい香りが漂っている。脹脛まで伸びる前掛けを腰に巻き付けた女性店員が、深みのある器を両手に持ち、こちらに向かって歩いてきた。

「お待たせしました。明太マヨ油そばです」甲高い声とともに目の前に置かれた器には、明太マヨネーズとネギがふんだんに盛られ、艶のある太麺からは、胡麻油の香りが漂っている。頭上から注がれる照明を受けて光るそれに刺激され、僕は過剰に産生された唾液を飲み込んだ。

「これ、美味しいんだ」正面に座る男が言った。

「美味しそうですね」純粋な感嘆の声が漏れる。

「僕のお気に入りなんだ」男はやや緊張したような面持ちで言った。その表情は何だか嬉しげで、男は照れ笑いを浮かべながら頭を掻いた。その目尻に寄る笑い皺には、どこか見覚えがあるような気がした。

「あの、僕ずっとここのお店の油そば美味しそうだなぁって思ってて、気になってたから、つい付いて来ちゃったんですけど……あの、誰ですか？」出来立ての油そばには手を付けずに、僕は正面から男を見つめた。男は何も言わず、僕の視線にも気付いていないような素振りで割り箸を差し出した。血色の良い、きめの細かい肌に刻まれた目尻の皺が、不純物のように浮かび上がって見える。ある程度の厚みを持って整えられた眉毛は、精悍な顔立ちをさらに際立たせており、深い茶褐色の瞳には妙に懐かしさを覚える。男は僕の視線を恐れているようで、それが交差すると、はっとしたように視線を逸らしてしまうのはなぜだろう？スーツを着ているということは、サラリーマンなのだろうか。臙脂色のネクタイには山吹色の狐のような刺繍が施され、その模様が濃紺のスーツをアンティーク調に仕立て、上品な雰囲気を纏わせている。胸板の厚そうな体躯だが、男から漂う妙な緊張感が男を小柄に見せているような気がする。

「先に食べようか。ほら、麺が伸びちゃうから」男はぎこちなく笑いながら言った。

「汁、ないですけどね……」そう言って、僕は目の前の油そばに視線を戻し、割いた割り箸でぐるぐると混ぜ合わせた。

「僕は、君の父親なんだ」ぽつりと、男が口を開いた。

「……」一瞬、全ての思考が停止した。何の考えも思い浮かばないまま、僕は男を見返した。その言葉が掛けられることを、僕はある程度予想していた。僕の、本当の父親。物心が付く頃には既にいなかった父親。その姿を、何度想像しただろうか。結局思い出そうと努力することの無意味さに気付いて、止めてしまったが。離れていても、血の繋がる父親であると幼な心に思っていた気持ちは、純真で滑稽なものであったと思っていた。男は視線を机上に落とし、額の汗をハンカチで拭きながら、分かりやすく瞬きを繰り返している。

「……僕の、本当の父親？　本当って何ですか？　それじゃあ、僕を今まで育ててくれた父親は偽物ですか？　そんなの…………冗談じゃない。僕の父親は一人しかいませんし、それはあなたではない。あなたは、僕の父親なんかじゃない」少し、棘のある言い方になってしまった。

「……あ……そうだよね……ごめん」男は泣きそうになりながら、ぎこちなく笑った。

「今更、何の用ですか？」

「あ……あの……」そう言って、男は口を噤んだ。僅かに、唇が震えている。

「あの、特に用がないのならこれで失礼します……」いち早く、ここから逃げ出したいと思った。そうしなければ、どうにかなってしまいそうだった。なぜ、それほどまでに男から離れたいのかは分からない。しかし、心底から込み上げる焦燥感が、僕をせき立てているような気がした。

「あっ、ま、待って……あの、謝りたいんだ、君に」語尾を強めて、縋るような視線を向けながら男は言った。

「は？　謝る？　何をですか？」僕は男を睨んだ。

「あの、本当に、申し訳なかったっ……」そう言って、男は深く頭を垂れた。

「あの時はっ……本当に、本当にっ……すまない……」上擦った声と、鼻を啜る音が響く。

「……なぜ、謝るんですか？　確かに、僕は幼い時は施設で暮らしましたけど、今は父親にちゃんと育ててもらっています。何の関係もないあなたに、謝られることは何もありません。それに……都合の良いことに、僕には『本当の父親』の記憶はありません。だから、もういいんです。僕には、関係ないんです。父親に本当も何もない。血の繋がりを気にされるのなら結構ですが、僕には関係のないことです。だから、あなたの行為には何の意味もありません。どうぞ、頭を上げてください」意識的に無感情を装ったが、僕は、じわじわと湧き上がる動揺を隠しきれず、胸の鼓動を強く感じていた。

「僕には、関係ない……」そう自分に言い聞かせた。あの頃抱えていた感情が、ぶり返してしまうのが怖かった。今更謝らなくても良いから、僕に関わってほしくなかった。あの頃の記憶は、消したはずなのに。完全に消えていないことは分かっていた。どうして、今になって現れたのだろう。これ以上僕を苦しめることに、何の意味があるのだろう。男は頭を垂れたまま、唇を強く噛み締めている。

「頭の傷は……その……痛くないか？」やっと頭を上げた男は、縋るような目を向けながら聞いた。

「頭の傷？　ああ、これのことですか？」僕は、左側頭部にある直径三センチほどの起伏部に触れた。これは僕が赤ちゃんの頃にできた傷で、その理由については特に聞かされていなかった。

「痕は残ってますけど、特に支障はありません。髪で見えないし」

「そうか……」男は深い溜息を吐き、安堵したような表情を見せた。

「その傷は……僕が付けてしまったんだ」重みを持った男の言葉に驚かなかったのは、僕自身の中で、傷痕と父親の存在が、感情を揺るがすほどの存在感を持っていなかったからなのかもしれない。

「そうですか」

「君は思い出したくもないかもしれないが、何をしても泣き止まない君に向かって、僕は……本を投げ付けてしまったんだ。それで……僕は……一人で君を育てられる自信がなくなってしまったんだ……それで……」

「それで、僕を捨てたと？」

「……いや、そう、じゃなくて……」

「そういうことでしょ？　どんなにもっともな理由を言ったって、やっていることは変わらない。あなたは僕を捨てた。僕は、捨てられた。僕の父親はあなたではない。何を今更やってきて、謝りたかったんだって。自分勝手にも程があると思いませんか？」僕は言葉を吐き出すように、一気に捲し立てた。そうでもしないと、涙が溢れてしまいそうだったから。胸が強く締め付けられるような圧迫感を覚える。

「もう、いいです。分かりましたから。僕は、ただ血の繋がりのあるあなたを恨んではないし、今更傷のことをどうこう言う気もありません。ただ、忘れたいんです。僕の人生から、完全に取っ払いたいんです。どうせ会わないのなら。どうせ父親として一緒に過ごすことがないのなら。いい加減、僕の心の中に居座るのをやめてもらいたいんです。そのための努力を、ずっとしてきた。ずっと、忘れようとしてきた。だけどできない。どうしても、できないんです。心の中でどんなに願っても叶わないのなら、それは無意識のうちに、僕が望んでいるということなのかもしれない。こんなにも忘れたいのに。僕の知らないところで、限界までに押し潰した記憶を、僕が探しても見つからないような奥底に封じ込めようとするんです。だけど、水中に沈められ、水面に出ようと藻掻くようなこの苦しみをあなたは知らない。この感情が僕の一方的なものであるのなら、それはどうしようもなく不憫で、滑稽なものだと思いませんか?」狂おしいほどに、目の前に座る男を睨んでいた。今までの僕の苦しみを、全てぶつけてしまいたいという衝動に駆られた。しかし、ここで錯乱した後、僕はどうやって生きていけば良いのだろうという不安も同時に感じた。彼を気の済むまで罵った後、彼の精一杯の謝罪と後悔の念を聞いた後、僕の感情は果たして無くなるのだろうか。

確か小学校低学年の時、塗り絵をしていた僕は、隣の席の子にクレヨンを取られて泣いてしまったことがある。話を聞いた担任の先生は、僕からクレヨンを奪った子に謝罪を、僕に海容を強要した。許すことを渋った僕を、先生は叱った。謝罪を拒否することを、悪いこととして教えたのだ。本当にそうだろうか? 謝罪をすることなど簡単だ。それを許すことの方が遥かに難しいのに。あまりに浅はかな対応に、僕は幼な心ながらに驚いたことを覚えている。謝って、許したら終了。僕がその時に覚えた教訓だ。根に持つタイプの僕はそのことを暫く恨んでいたが、僕からクレヨンを奪った子は素知らぬ顔で僕の前を通り過ぎる。僕の恨みが続いたとしても、一度解決したのであれば相手の罪は一掃され、僕の恨みのみが残る。今回も、そうなってしまうのだろうか。あの時のように。もしそうなってしまったら、僕はもう、生きていけない気がした。僕が今まで生きてこられたのは、僕の中に父親に対する遺恨の念があったからなのかもしれない。そして、これからも僕が生きていくためには、その陳謝を受け入れてはいけない。決して、許してはいけない。

「もし遙君がお兄ちゃんだったら、いいよって許してあげるよ?」僕が頑なに首を振り続けていた時、先生は僕にそう言った。子供ながらに大人になろうとした、僕の矜持を逆なでして。なんて、ずるいのだろう。少し大人になった今、そう思う。

僕はあの時のように、子供染みているのだろうか。僕が大人だったら、父親のことを許し、新しい人生を生きていけるのだろうか。いや、多分そうではない。僕が恐れているのは、父親を許すことではなく、父親が僕の存在を忘れてしまうことのような気がした。幼い頃に得た教訓によれば、僕が許しを与えることで、父親は僕に対する罪悪感から解放されることになる。すなわちそれは、僕の存在をなかったことにできるということになるのではないか。もしそうなった場合に、僕の存在意義がなくなってしまうことを恐れているのではないだろうか。今まで少なからず父親の懺悔対象であった僕は、もう誰からも必要とされなくなってしまうかもしれない。世界で誰も、僕の存在を認識しない。感情的な対象としてではなく、視覚的な対象としてしか認識しない。そんな世界で、僕は生きることなどできない。

「あなたのことは、微塵も興味はない。だけど一つだけ、聞きたいことがあるんです」一語一句噛み締めるように、僕は言った。

「……うん」男は俯き、目尻に溜まった涙を拭いながら頷いた。

「……僕のお母さんは、僕を愛してくれていましたか？」その言葉を聞いた瞬間、男ははっとしたように僕を見つめた。記憶の中に、微かに存在する母親の記憶。長い年月を経て、徐々に薄らいでいく記憶の中に、確かに残る大切な記憶。僕の、母親。太陽のように眩い笑顔。瞼の間から覗く、色素の薄い瞳。母親は、僕を愛してくれていたのだろうか？　なぜ、僕の前からいなくなってしまったのだろう？　なぜ、僕には家族がいないのだろう？　なぜ、離れなければならなかったのだろう？　そんな疑問はとうに捨て去り、過去のどこかに置いてきた。今、僕が聞きたいのは純粋な疑問。お腹を痛めて僕を産んでくれた母親。多くの時間を共に過ごすことはできなかった。しかし、確かに僕の中に存在する母親の記憶。温かい記憶。母親は、僕のことを少しの時間だけでも、愛してくれていたのだろうか？　それとも、僕を産んだことを後悔していたのだろうか？　後者でも良いと思っていた。でも、僕と過ごした時間の中でほんの一瞬でも、刹那にでも、愛情を注いでくれたのではないかと信じたかった。記憶に残る母親の瞳。あの眼差しだけは、温かなものであったと信じたかった。

「母親は、事故で亡くなったと聞きました。まだ僕が幼い時に。でも、確かに覚えているんです。鮮明ではないけれど……」

「そうか……」真っ直ぐに、男の瞳を見つめた。これまで避けていたその瞳に、僕が映る。あれは紛れもなく母親の記憶。決して、自分の中で塗り固められた幻想でも、都合良く作り出された虚像でもない。胸が、熱くなった。唇が、震えている。涙で滲ませた瞳に映る男が、歪んで見える。

「……お母さんは、自殺したんだ。鬱だったんだろうって、言われたよ。ちょうど、遙が三歳の時だった。あの頃、僕は仕事に慣れてきた頃で忙しくて……遙と、お母さんを守るために必死に働いていたつもりだった。でもそのせいで、あいつの心の変化に気付いてあげられなかったんだ。お母さんは……君のことを、心から愛していたよ……それだけは、確かな事実だ」男はゆっくり、噛み締めるように言った。僕を捉えて離さない瞳に僕の視線が交差した時、何か、感じるものがあった。あの瞳は、見たことがある。懐かしいような、憎いような瞳。その色。母親の瞳よりも、黒と赤と渋みを足したような、茶褐色の瞳。優しさよりも強さを感じる瞳を、鏡の中で何度も見た。僕があれほど感情的になったのは、僕が彼に、何かを感じていたからなのかもしれない。その雰囲気や、仕草や、瞳の色に。彼が、僕と同じ瞳を持つのはなぜだろう？　その答えをあの時、彼の瞳を見つめた瞬間、僕は無意識のうちに分かっていたのだろう。

そういえば、彼に声を掛けられた時、どこかで見た顔だと思った。今思うとあの時、僅かに侵入した外気を心地良く感じていた時、集中力を欠いた授業を放棄してぼんやりと窓外を眺めていた時、校門の隣に見えたサラリーマンのような男が彼だったのかもしれない。僕が彼の姿を捉えたのは、その視線に反応した身体が、無意識に視線の先を追ったからなのかもしれない。僕が彼を見つけた時、彼もこちらを見ているような気がしたのは強ち間違いではなかったのだろう。何百メートルも先のぼやけた顔からはその表情を認識することはできず、ただ校舎の奥に広がる空を眺めているのだろうと思っていた。しかし今思うと、彼は確かに僕を認識して、僕のことを見つめていたのだろう。

人生は残酷だ。残酷で、残酷で、崩れ落ちてしまいそうなほどに激しく、泣き出してしまいそうなほどに穏やかで、時に、生きることを放棄したくなるのは特段異常な感情でもないだろう。しかし雨雲に包まれるような、工場の煙突から排出される排気ガスに飲み込まれたようなくすんだ感情は、身体を急き立てるほどの勇気は与えてはくれずにただ深く広がるだけで、手で振り払おうとしても掠めることしかできない。

手が届きそうな場所へと揺れ動く感情を持ちながら、確かに地に着く足を見つめる時間ほど残酷なものはないだろう。きっと、楽になる。でもその先に待つものは何？　永遠ともいえる時間を経て、もしくは刹那の如く辿り着いた場所に何もなかったら、どうしたら良いのだろう？　人は誰でも、自分の居場所を求める。もし、縋るように手繰り寄せたそこに自分の場所がなかったら、どうしたら良いのだろう？　静かに、消え入るようにいなくなった僕を、一体どれほどの人が知ってくれるのだろう。僕が確かにこの世界に生きた証を、一体どれほどの人が証明してくれるのだろう。まるで荒波のようで、激しいと思った僕の生き様に、一体どれほどの人が興味を示してくれるのだろう。消え入りそうな感情を持ちながらも、この世界に爪痕を残そうとして足掻くのは、無様な姿なのだろうか。自分の存在を誰かに知ってもらおうとして叫ぶのは、惨めな姿なのだろうか。

苦しい時に、正直に苦しいと言えたらどれほど良いだろうか。泣きたい時に、思い切り涙を流せたらどれほど良いだろうか。分かりやすく食欲が落ちて、体重が減り、頬が痩けて。分かりやすく睡眠不足になり、眠れなくて、隈ができて。本当は、誰かに気付いてほしい。大丈夫？　って、僕の顔を見て、そっと手を差し伸べてほしい。涙を流して、声を荒らげて、潰れそうな心を表出したいのに。なぜ、涙は流れてくれないのだろう。涙を流すという労力も、血液も、自己防衛本能の下にとうに枯れてしまったのだろうか。胸が苦しい、張り裂けるほどに。喉が詰まる、えずくほどに。こんなにも苦しいと感じるのに身体が反応しないのは、結局はそれほどの感情でもないのだろうか。それとも、苦しみの感情にさえも僕の身体は慣れてしまったのだろうか。

目に見える変化が表れて初めて、周囲の人々は変化に気付く。多分、人は思ったより他人の痛みに鈍感で、そもそも自分以外の人間の感情などには、大して興味など持っていないのかもしれない。そんなことは分かっていながらも、自ら意思表示をすることもなく、心の奥底に広がる淀んだ感情に気付いてほしいと願うのは、強欲なのだろうか。しかし当然のように誰にも気付かれずに、静かに広がる憂いに押し潰されそうになりながら周囲の人々に対して疑心暗鬼になり、一方的に不満を感じてしまうのは、傲慢なのだろうか。

Ⅳ

喉を流れる、度数四十パーセントのアルコール。差し出された琥珀色の液体は、色彩豊かなカラーライトを浴びてきらきらと輝いており、その正体も知らずに、僕は一気に飲み込んだ。今までに感じたことのない、むず痒いような熱が喉を流れる感覚。その刺激に思わず噎せ込む。するとどこからか手が伸びてきて、緑色の欠片が口腔内に放り込まれた。反射的に咀嚼すると、爽やかな果汁と共にじゃりじゃりとした塩味を感じ、僕は顔を歪ませた。刺激物に対する反応に思考が追い付かない。異なる味が混ざっているが、不思議と拮抗している感じがしない。熱を帯びた咽頭に流れた苦味と塩味が、するりとアルコールの刺激を取り除く。これが大人の味というものかと、空になったショットグラスを見て思った。

「どう？　苦いでしょ？」軽く放心状態にある僕の前に、縮れ髪を銀色に染めた男が現れた。苦笑する僕を見て、男は好奇な物でも見るように、口角を上げた。

「最初にテキーラは、さすがにきつかったかな」男は傍のショットグラスを傾け、持っていたライムを荒々しく噛み切った。

「君、まだ若いでしょ？　高校は卒業してるの？」男はカウンターに溢れた果汁を拭き取り、ライムの皮をグラスに放り込んだ。

「まぁ……はい」よろけた僕はカウンターに肘を付き、無数のカラーライトが蠢く空間を見渡した。カラーライトが集結する部分には、複雑な機材を操る男が、様々な蛍光色に染まりながら身体を揺らしている。長髪の縮毛が激しく靡き、飛び散る唾と汗が光を浴びながら舞い散る。俯きながら黒い機械を弾く男は時折ターンテーブルを弄り、その度に軽快なスクラッチ音が鳴り響く。激しくも纏まりのある音が空間を彩る。男の指先から次々と繰り出される音は機械を通して音声信号となり、空気を震わせ、この場に集う人々の鼓膜を震わせ、空間全体を飲み込んでいるように見えた。

「踊らないの？」

「いや……僕は……」

「そう……まぁ、楽しんでってよ」そう言って、銀髪の男はカウンターの奥へ消えた。

少し前、僕はいつものように夜の街を彷徨っていた。目的もなくただ歩いていた時、建物の隙間に灯るオレンジ色の光が気になった。視界の端に捉えたそれをじっと見つめていると、バケツのようなゴミ箱の奥に人影が見えた。人だ。こんなところで、何をしているのだろう？　僕は静かに、影を見つめた。暗闇から視線を感じる。どうやら影の方も、僕を見つめているようだった。そのまま時間が流れ、影が声を上げた。

「どうした？　こんな時間に、家出でもしたか？」影はそう言って、にやりと笑った。唇の間から真っ白な歯が覗く。微かに煙草の匂いを感じた。何も言わない僕を見て、影はゆっくりと立ち上がる。指先に灯っていたオレンジ色が落下し、じゃりじゃりと音を立てながらそれを踏み潰す。

「お前、暇なんだろ？　俺に付いてくるか？」明るみに出た影は、長身の男だった。深く被ったフードから、縮れた髪が見える。男は僕の前を通り過ぎ、歩き出した。僕は男の言葉に引っ張られるように、その背中を追い掛けた。

「Roi:Yanagi」人気のない路地裏に、赤いネオン管で作られた看板がぽつんと置かれている。その横には地下へ続く階段が伸びていて、微かに音が漏れ出ている。男は吸い込まれるように階段の奥へ消えた。焦った僕は、興味と不安が混交したような興奮を覚えながら、薄暗い階段をゆっくり下った。最後まで下ると大きな扉があり、その手前には青いネオン管が「OPEN」という文字を照らしている。意を決して扉に手を掛けると、眩い光と爆音が僕の視界と聴覚を奪った。反射的に細めた瞼を開くと、そこには僕の知っている世界とはまるで違う世界が広がっていた。天井に点在するライトが、忙しなく角度を変えながら空間を立体的に染め上げる。そして自由自在に動き回るライトの中で、大勢の人々が踊っていた。

銀髪の男が去った後、僕は暫く踊り続ける人々を眺めていた。すると、一人の女の子に目が留まった。その子はセミロングの髪を栗色に染め、音楽に合わせてふわふわと身体を揺らしている。華奢な身体を紺色のTシャツで覆い、短めのハーフパンツからは白い脚がすらりと伸びている。円らな瞳が埋まる顔は、ほんのりと火照っている。彼女は周囲にいる人々と笑いながら、踊ったり、グラスを傾けたりしている。僕が彼女に目が留まったのは、甘く軽やかなダンスに見入ったわけでも、白い肌が覗く身体に本能を擽られたわけでもなく、ただひたすらに楽しそうに笑う姿の奥に、ひっそりとした哀愁が漂っているように見えたからだと思う。不意に、彼女の視線が僕を捉えた。僕は視線を逸らさずに彼女をじっと見つめ、僕達は数秒間見つめ合った。丸い瞳が、驚いたように大きく見開かれている。周囲の人々がスローモーションのように残像を残しながら動き、耳が詰まったような感覚を覚えた。その時、僕を見つめるその肩に誰かの手が置かれ、彼女は反射的に僕から目を逸らした。彼女は隣にいる男女と何か話していたが、また僕の方を振り返り、ゆっくりと歩み寄ってきた。踊り狂う人々を避けながら僕の隣に来た彼女は、手に持ったグラスをカウンターに置いて、僕の目をじっと見つめた。

「ねぇ、何で私のこと見てたの？」

「え？」

「さっき、見てたでしょ？　私のこと」

「……何となく」

「ふーん。飲む？」そう言って彼女が差し出したショットグラスには、先程と同じ琥珀色の液体が注がれていたが、なんだかねっとりとした重量感があった。グラスに入っている氷がからからと気持ちの良い音を鳴らし、まるで蜂蜜のような甘い香りが漂ってきた。

「毒は入ってないよ」僕が訝しそうにそれを見ていたせいか、彼女はくすくすと笑った。その笑顔に動揺した僕は、咄嗟に彼女からグラスを奪い取り、一気に喉に流し込んだ。ぐらり。テキーラの苦味に匹敵するほどの濃厚な甘味が押し寄せ、軽く目眩を覚えた。

「ふふ。甘いでしょ？　蜂蜜のウィスキーだよ。私のお気に入り」彼女はそう言って、嬉しそうに微笑んだ。先程まではただ遠くから見つめていただけの彼女が、今目の前にいて、僕を見て笑っていることが信じられず、思わず視線を逸らした。とろんとした眼差しを、真正面から受け止めることができなかった。

「一人で来てるの？」彼女はくるりと向きを変えて、カウンターに身体を預けた。彼女の声は少し掠れていた。

「酒灼けですか？」

「失礼だなぁ。これが地声なの」彼女はそう言って、紅潮した頬を膨らませた。

「綺麗な声ですね」

「お世辞はいいよ。それで？　一人？」

「あ、はい」

「へぇ、まだ若いでしょ？　よく来るの？」

「まさか。初めてですよ」

「じゃあ、どうやって来たの？」

「外歩いていたら、煙草吸ってる人に声掛けられて」

「何それ？　その人がもし人攫いとかだったら、君、誰かに売り飛ばされちゃうよ？」

「このご時世に？　それに俺、男ですし」

「でも君、線が細くて肌も白いし。女の子に見えなくもない……かも」

「いや、無理あるでしょ」彼女はなかなか酔っていた。顔の火照りが増し、呂律が回らなくなっていく彼女は意味不明な会話を繰り返し、可笑しそうに笑った。僕も、段々と思考回路が鈍くなり、視界がぐらついてきた。どうやら、僕も酔っているようだ。不思議と気持ち良い感覚に包まれる。

「いいね。君、酔ってるでしょ？」ふらふらと頭を振る僕を見て、彼女は笑った。酔うというのは、こんな感じなのかと思った。この何ともいえない快感を味わうために、大人は酒を求めるのだろうか。

「顔赤いよ」

「そっちこそ」酔っ払い同士で言い合っていると、急に音楽の曲調が変わり、バラードのように滑らかな音を奏で始めた。スローテンポな音楽に同調するように、それまで激しく移動していたカラーライトもゆっくりと流れるように旋回し始める。赤。青。緑。紫。目の前にいる彼女が、様々な色に照らし出される。彼女は、中央でリズムを刻むＤＪを眺めながらゆったりと身体を揺らしている。少しぽってりとした、艶のある唇を見つめていると、口角の近くに黒子があることに気付いた。何となく、僕は彼女に夢中になっているような気がした。それは恋という感情ではなく、何かぞくぞくとした欲望のようなものがじわじわと僕の中に染み出して、興奮しているような感覚だと思った。彼女の横顔を眺めながら、僕は胸の鼓動が強く波打っていることを自覚した。音楽に聴き入るように暫く目を瞑っていた彼女は、思い出したように僕の方を振り返り、安心したような表情を見せた。

「なんか暑くない？」

「どっちかというと寒いですよ」

「お酒飲んだからかな？　ちょっと外出ようよ、酔い冷ましに」本当は、酔いの感覚を味わっていたかったけれど、彼女に言われたら断れないような気がして、僕は頷いた。華奢な背中を追いかけて出口へ向かう。分厚い扉を重そうに開けていたから後ろから力を加えると、彼女は「さすが」と嬉しそうな顔で振り向いた。扉の外に出た僕達の頭上には、少し欠けた月と、霞んだ星が浮かんでいた。僕達は何かを話すこともなく、ただ目の前に伸びる道を歩き始めた。等間隔に並ぶ街灯が、僕達の足元を朧ろげに照らす。鼻歌を歌いながら上機嫌に歩く彼女は、まるで少女のように見えた。僕はその狭い肩幅を眺めながら、彼女に歩調を合わせた。途中、懐中電灯をヘルメットに付けながらプレートコンパクターを操る作業員達の横を通り過ぎた。ふらふらと歩いている彼女の肩を抱き寄せて赤いコーンから遠ざけようとしたら、じゃりっとした音がした。足元を見ると、靴の下で何かが光を放っていた。

「どうしたの？」急に立ち止まった僕を不思議に思ったのか、彼女は笑いながら首を傾げた。

「ううん、何でもない」僕はそう言って彼女に笑い掛け、横に並んで歩き出した。暫く道なりに歩いていると、錆びたフェンスの奥で線路が途切れていることに気付いた。ここは、電車の最終駅だったのだろうか。いつの間にか街灯は消え、僕達は霞んだ星と朧ろげな月明かりによってお互いを認識していた。不意に、横を歩いていた彼女が立ち止まった。

「綺麗だね」夜空を見上げながら、彼女は言った。

「そうですね」そう僕は答えたが、実際には満天の星ではないし、満月でもない月夜を綺麗だとは思わなかった。しかし、未完成のままの姿を綺麗だと感じることができる彼女の感性を、羨ましく思った。

「ねぇ、今何考えてるの？」不意に、彼女が聞いた。突発的で、脈絡もない問いに僕は戸惑った。その時、視界が暗くなり唇に何かが触れた。驚いた僕はそのまま身を固まらせた。彼女は真剣な眼差しを僕に向けて、小さな手を僕の肩に置き、再び顔を近付けた。長い睫毛とその隙間に覗く瞳を見て、僕は思わず目を瞑る。少し厚い唇と湿った感触が、キスをしているという実感を際立たせ、僕の心臓を刺激する。僕の鼻息は無意識に荒くなり、それに共鳴するように彼女から僅かな吐息が漏れる。掠れた声からは想像も付かないような甘い声が、僕の鼓膜を震わせる。お互いの指を絡ませ、彼女をフェンスに押し付けるような状態で強引に重なる。唇を合わせながら目を開けると、身長の低い彼女は、首を痛めないか心配になるほどの角度で僕の方を向いていた。僕は少し屈み、彼女の腰に手を回して抱き寄せた。少し赤みが取れてきたはずの彼女の顔は、最初に会った時よりも紅潮しており、僅かに開いた唇の隙間から微かな吐息を漏らしている。ぽってりとした唇は柔らかく、その弾力は僕が掛ける力に合わせて自由自在に変化する。苦味のある唾液はじんわりと温かく、先程のアルコールを想起させる。唇を離すと、彼女はとろんとした瞳で、まるでアイスを強請る子供のような顔を見せた。僕が微笑むと、彼女は少し恥ずかしそうに俯いた。彼女の胸に手を置くと、ドクドクと波打つ鼓動が掌の感覚を通して伝わる。彼女の鼓動に刺激され、連鎖するように僕の鼓動が速まる。荒くなる呼吸。息苦しさを感じて、荒い呼吸を繰り返す。血液が、毛細血管の隅々にまで駆け巡るような、ぞくぞくとした感覚。この心地良い感覚は、何だろうか？　欲望のままに生を貪るような貪欲さが、僕の内側から少しずつ染み出してくるような感覚。自分でもよく分からないが、とにかく、すっきりとした心地良さがあるのは確かだと思った。僕は左手で彼女の鼓動に触れたまま、丸めた右手を彼女の胸に強く押し当てた。ちくり。痛みを感じて訝しんだ彼女は、僕の右手に握られたものを見て首を傾げた。僕の手の中できらきらと光るそれは、先程、路上工事の脇を通った時に踏みつけた小さな鏡の破片。道路に転がっていたせいか、ナイフのように尖る先端部分には僅かに砂が付着しており、彼女のシャツを汚した。僕の突然の奇行に、彼女は怪訝な感情を前面に出した。そんな表情を眺めながら、僕は力を込めて右手を振り下ろす。

「いたっ」垂直に切り裂かれた繊維の隙間から、彼女の血液が真っ直ぐな線を引く。

「痛い？」苦痛に顔を歪ませる彼女を見て、僕はそう聞いた。彼女が痛みを感じるのも、その切れ目から鮮血が溢れ出るのも、目の前の対象物を不審に思うのも、彼女の生命機能とそれに伴う防衛反応が正常に働き、彼女が今、確かに生きている証しであることを、僕は深い実感とともに味わい、嬉しく感じた。

「手、離して。痛いよ」俯きながら、彼女は掠れた声で呟いた。僕はリストカットの経験はないけれど、多分それは、紙で手を切ったような鋭い痛みに近いのだろうなと思った。僕は、右手に持つ鏡の破片を強く握り締め、思い切り振り下ろした。

「うっ」鈍い声が聞こえた。それは鳩尾に拳を入れられたような、悲鳴のような声だった。きらきらと輝く鏡の破片は、ハーフパンツから覗く白い肌に直角に侵入している。鏡と肉の断面が密着しているせいか、血液は流れない。彼女を見ると、先程までの紅潮した顔から完全に色素が抜けたように、青褪めた表情をしている。

「痛い?」

「つい……」

「痛みの秘密を、知ってますか?」彼女の瞳を覗き込みながら、僕は優しく語り掛けた。

「痛みを感じることは、生きていること。今この瞬間、僕達は同じ空気を吸いながら、生きている。そして、身体の中を巡る血液により全身の細胞に酸素が行き渡り、その代わりに不純物を吐き出しながら調和を取ることで、生命を紡いでいる。それを繰り返してあなたの細胞は生き、あなたは生きている。僕の言っている意味が、分かりますか? 痛みは、生命が危険に晒されていることを知らせる危険信号なんだ。あなたが痛みを感じるのはその皮膚や、血管や、筋肉や、脂肪が傷付いたから。まだ小さい傷だけど、放っておけばいずれは腐り、壊死してしまう。だからその前に、適切な処置をして傷口を塞がなければならない。痛みがないと、人間は危険を認識せずに放置してしまうからね。だから痛いと感じることは、あなたの身体があなたを守ろうとしている証拠なんですよ」自分でも驚くほど饒舌に、僕はどこかの大学教授みたいな口調で、熱く語り掛けていた。彼女は俯き、荒い呼吸を繰り返しながら肩を震わせている。大腿に感じる痛みが余程強いのだろう。長い睫毛が瞳を覆った瞬間、大粒の涙が溢れ、彼女は声を荒らげて泣き出した。その行為には、痛みを緩和させる効果でもあるのだろうか。そう思いながら僕は、彼女の胸元に視線を向けた。既に止血しているのか、膨らみのある部分に刻まれた赤い線は乾き、白い肌に不気味に浮き出ているように見えた。

「血、止まったね」瘡蓋になりつつあるそれを優しく撫でると、彼女は瞬時に身体を強張らせた。潤んだ瞳は、まるで底無しの恐怖に囚われているかのような絶望を映していた。その対象となっているのは目の前にいる僕だけれど、彼女は恐怖から逃れるための逃走手段を持ち合わせていない。人影のない暗闇で、フェンス越しに向き合っている僕から逃れるための力もなく、その足も、僕が奪ってしまったから。そう自覚したのか、かたかたと震え始めた彼女は、まるで睡眠薬を飲んだかのように瞼が重くなった。身体は小刻みに震えているが、その表情は今にも眠ってしまいそうなほどに虚ろだった。僕は彼女の大腿に埋まる鏡を、右手で優しく包み込んだ。

「この鏡を抜いてしまったら、きっと痛いよね」そう囁くと、彼女の瞳孔は広がり、その瞳に憂懼の色を映した。

「やめっ……」小さな悲鳴が僕の耳に届く前に、僕は強く握り直した右手に力を入れて、思い切り鏡を引き抜いた。その瞬間、振り上げた鏡を追うようにして、彼女の中から血液が噴き出した。雨粒のように宙を舞うそれは、まるで自身の意志を持っているかのように形を変えながら空間を這い、力強く、何かを求めるように高く舞い上がった。そして自身の重力に引っ張られるように落下して、じわじわと地面に吸い込まれていった。白い肌に撒き散らされた朱殷を見て、僕は全身に鳥肌が立ち、思わず身震いした。僕の鼓動は知らないうちに強く波打っていて、収縮した血管の中を増量した血液が勢いよく流れていくような感覚を覚えた。僕の心臓はパンクしそうなほどに強く収縮運動を繰り返していて、どうしようもなく強く、激しく、僕の胸を叩き付けた。彼女は掠れた声で叫び、唇を噛み締めて泣いている。僕は、瑞々しいほどの興奮を覚えた。それは夏に、きらきらした海を見てうずうずするような感覚と似ていると思った。荒い鼻息は、まるで餌を待つ犬のようだと思った。

「……たす、け……」絞り出したような微かな声が、彼女の口から漏れる。先程までの、甘くて囁くような声は奥に秘められ、尋常ではない痛みと恐怖に押し潰されそうなか細い声が、彼女の声帯を辛うじて震わせる。その荒い息は、僕の鼻息に掻き消されるほどに弱々しく、徐々に衰弱しているようだった。僕は真っ直ぐに彼女を見つめた。その顔を、その表情を、見ていたかった。生きている彼女を、僕と同じ時間を、空間を生きる彼女を。それが幻とならないように、この目にしっかりと灼き付けておきたかった。少しの沈黙の後、僕の視線を受けた彼女はその瞳に何かを感じ取ったのか、柔弱な抵抗を試みた。傷のない右足に力を込め、前に駆け出そうとする。僕の手を振り解き、必死に駆け出そうとする。僕は彼女を抱く手に力を入れるが、後ろへ押されそうになる。強い力だ。こんな華奢な身体で、これほどの力を込められるのだろうか。これが火事場の馬鹿力というものだろうか。叫びながら僕の腕の中で悶える彼女。頭の中ではとうに僕の手を摺り抜けて、逃げ出しているのだろう。しかし、未だに僕の腕に抱かれている現実を必死に否定するように、叫び続けている。恐怖で拘縮した身体。激痛が走る身体。頭では思っているはずなのに。動けと、身体に命じたはずなのに、動きたいのに、尋常ではない痛みに耐えられない。前に、押し切れない。もどかしい。悔しい。痛みと恐怖に支配される。なぜ、動いてくれないのだろう。なぜ、動けないのだろう。動け！　動け！　動け！　動け……動いて、お願いだから……彼女の瞳から、次から次へと涙が溢れ落ちる。強膜に溢れる涙で歪む瞳。夥しいほどの血液が飛び散った大腿に、ぽたぽたと滴る透明な血液。強く噛んだ下唇の上を流れる鼻汁。嗚咽を漏らす。悔しい。怖い。助けて。誰か。彼女の表情からは、そんな思いが真っ直ぐに伝わってくる。ひたすらに生を渇望する必死な様子を見て、僕は充足感を覚えていた。

「私を、どうする気？　私を……ねぇ！　ねぇ……助け……」最後の言葉は、彼女自身の嗚咽で掻き消されてしまったようだ。まるで鼠が猫を前にして身を固めるように、彼女はじっと動かなくなった。涙が溜まった瞳を僕に向けて、ただ必死に、懇願する。生きたいと。殺さないでほしいと。生への渇望。死への恐怖。彼女はまさに、死を目の前にして、生を実感しているのではないだろうか。そして、僕もまたそんな彼女を見て、堪らなく生を実感している。この感覚だ。その瞬間、僕は思った。この感覚。僕がずっと、求めていたもの。僕が、生きているという実感。この感動と、快感。僕は生きている。僕は、生きている！　僕は堪らなく嬉しくなり、誰かにこの気持ちを伝え、この高まりを共有したいと思った。その瞬間、僕はあの時の、あの男の笑みを思い出した。青年が生きたいと懇願した時、男は笑みを浮かべたのだ。あの時と同じだ。あの時あの人は、今僕が感じているものと同じ感情を得ていたのではないだろうか。そしてその感動に歓喜し、笑ったのではないだろうか。この、壮大な感動を。生きているという、堪らない実感を。そうだったのか。僕は目を瞑り、息を大きく吸い込んだ。肺が破裂してしまうのではないかと思うほどに。そして、彼女の首筋に軽く曲げた指の背を這わせた。白い肌は震え、その振動が指を通して伝わってくる。彼女は目を瞑り、強く唇を噛み締めている。

「生きたい？」僕は微笑みながら、彼女に問い掛ける。労るように、ゆっくりと囁くように。彼女は不意に緊張感から解放され、安堵したような表情を浮かべる。彼女の瞳に希望の色が映り、その首がゆっくりと縦に揺れた瞬間、僕は思い切り右手を振り上げた。細かな血液の粒子が、圧力から解き放たれたように勢い良く噴き出していく。それと同時に、彼女はがくんと項垂れたように首を傾けた。僕を見つめていた瞳。何かを言い出しそうに開けたままの口。彼女は力なく、後ろのフェンスに凭れ掛かった。からん。僕の手から離れた鏡の破片が、美しい朱殷を絡ませながら地面に落ちた。僕は俯いた彼女の前に跪き、その瞳をじっと見つめた。縋るように僕を見つめていた瞳には、もうこの世界の色など映っていないようだった。自らの生命が絶たれようとした時、彼女は僕に怒りの感情を抱いていないように思った。ただ海のように広がる恐怖と、微かな希望を抱いているような瞳を僕に向けていた。僕が最後の最後で彼女に同情し、肩を抱き寄せて「ごめんね」と、泣き崩れるとでも思ったのだろうか。もしくは鏡の破片を道端に投げ捨て「冗談だよ」と狂ったように笑うと思ったのだろうか。僕が彼女の首筋を切り裂いた瞬間、彼女が自らの血潮をその瞳に映した瞬間、彼女の瞳は初めて、僕に対する敵意や、憎悪などの感情を映し、僕を強く睨み付けたような気がした。その凄まじい眼光に僕は一瞬どきりとしたが、彼女はそのまま視線を外した。

彼女の吐息が途切れた時、暗闇には荒ぶった僕の呼吸音だけが響いていた。まるで長距離走をしている時のように、酸素を欲する身体は呼吸に伴い肩を大きく揺らし、乾いた音をたてながら貪るように空気を吸い込む。ばくばくと胸を打ち鳴らす鼓動が、僕の興奮を更に掻き立てる。すっと頭に血が上ったような感覚と軽い目眩を感じた僕は、額に手を当てて蹌踉めいた。その時、どこからか息を吐くような音が聞こえてきた。耳を澄ませると、それはくすくすと悪戯に笑うような声だった。不意に聞こえたそれは、最初は遠慮がちに声を抑えていたが、少しずつ大きく引き笑いのようになり、やがて声を荒らげて、高々と笑い始めた。誰が、笑っているのだろう？　小刻みに震える肩と、それに従い揺れる腹筋に触れた時、それが僕の声であることに気付いた。僕は額を押さえたまま、細々と輝く星々を見上げて笑っていた。耐え切れなくなった笑いを、どこまでも広がる宇宙へ吐き出すように。こんなにも腹を抱えて笑ったのは、いつぶりだろうか。僕は久々に、心の底から笑ったような気がして嬉しくなった。忘れていた感情、生きている楽しさや心地良さを、実感したような気がする。これが、生きているということなのだろうか。目の前に項垂れる彼女を見て、僕は穏やかな息を吐いた。あれほどまでに高鳴っていた胸の鼓動は少しずつ落ち着きを取り戻していて、今は静かに収縮運動を繰り返している。彼女の顔を覗き込む。穏やかな寝息を立てているような彼女。僕を見つめているようで、見つめていない瞳。目尻に溜まる涙を、人差し指で掬い上げる。半口を開けたまま力無く引き伸ばされる下唇。少し厚くて、艶とグラデーションが施された唇は彼女自身の色素を失い、少し赤みが薄れたように見える。僕は手の甲で彼女の頬に触れ、優しく撫でた。そして彼女に精一杯の微笑みを向けた。地面に滴る朱殷は、まるでペンキが入ったバケツを倒してしまったかのように激しく、生々しく、地面を這っている。その芸術的な色と筆使いの美しさに、僕はまた蕩けるような感動に包まれる。そして、彼女から漂う芳醇な香りに酔い痴れる。この香りを味わっているのは、僕だけ。なんて、魅力的な香りなのだろう。僕にとって、何百年も熟成された年代物の高級ワインやブランデーよりも、彼女の中で生まれ、熟成され、全身の細胞を流れ、やがて破壊される儚い血液の方が遥かに魅惑的で、悪魔的だと思った。彼女の生命を保っていた、まさに生命の源ともいえるそれは、どんなアルコールよりも僕を惹き付け、陶酔させてくれる。この香り、そして、この感覚。心地良い。ひたすらに、心地良い。

どれくらい、そこにいただろうか。ずっと彼女の前に屈み込んでいたからか、足が重く、疲労を感じる。僕はふらふらと立ち上がり、明るみの灯る街灯がある方へ歩き始めた。その途中、僕が彼女を振り返ることはなかった。彼女の姿は僕の網膜に焼き付き、鮮明な像を映し続けていたから。生と死を経験した彼女は、もう動くことも、呼吸をすることも、声を出すことも、笑顔を見せることもなく、ただ静かに、朱殷の中に座り込んでいるのだろう。夜空を見上げると、きらきらと輝く星と、少し欠けた月が見えた。

「綺麗だね」不完全な月を見たら、先程彼女が言った言葉を思い出した。東京のネオンに掻き消された星しか僕は知らないけど、本来、星はもっと綺麗に見えるものであると、彼女は呟いた。今僕の頭上に散らばっているのは、人工的な光に燦々と照らされた星。しかしこの瞬間、僕には掠れた星がこれ以上ないほどに美しく見えた。ここは、深淵の闇。あの時、あの男が消えていった闇に、僕は今、立っている。あの時、僕が夜空を見上げていたら、こんなにも美しい星と出会うことができただろうか。あの時、あの男は僕と同じように、夜空を見上げたのだろうか。やっと、辿り着いた。掠れた星を美しいと思える感性が、僕にも備わっていた。夜空を見上げ、僕は微笑んだ。そして興奮の冷め切らないまま、すっかり疲弊した足を引き摺りながら、僕は帰路についた。漠然と歩を進めていると、橙色の灯が見えてきた。それは、僕の前に伸びる道を温かく照らしている。僕の帰る場所へと、導いてくれる光。温かな光に誘われるように、僕の足は自然に前へと進む。疲弊と睡魔に襲われ、意識がぼんやりとしてきた僕は、ただ足の赴くままに、照らされた光に従うように、ゆっくりと歩みを進めた。

あれからどれくらい経ったのだろうか
何度も、何度も、時刻を確認する
時計を見る度に、確かに時間が流れていることを実感する
時間が流れるだけで、何もできないもどかしさが歯痒く、苦しい
分針が秒針のように滑り、時針がそれに引っ張られるように滑る
規則的に、滑らかに時を刻む年代物の腕時計は
大学を卒業した時に、彼女から贈られた物
もう何十年も使い続けているせいか
いつの間にか秒針を刻む音が聞こえなくなってしまった
どちらかというと僕は、秒針が時を刻む音が好きだった
チクタクチクタク
何にも惑わされず、ただ淡々と時を刻む姿は美しい
いくつもの部品が複雑に絡まり合うことで生まれる音は
まるで心臓の鼓動のように、心地良い安らぎを与えてくれる
いつか修理に出そうと思っていたが、結局そのままになってしまっている
だけど今は、今だけは、音が鳴らなくて良かったと思う

もし、今でもその音を刻み続けていたとしたら
僕はたちまち、それが生み出す旋律に支配され、悶絶していただろう
狂ったように回り続ける秒針
時計の指令系統が崩壊したかのように、回転運動を繰り返す
いつか、遠心力により軸から外れてしまうのではないかと思うほどに
力強く、回転する
そして僕は秒針から目を離せなくなり
目が回り、頭の中が真っ白になり、何も考えられなくなるだろう

不意に、視界の端に捉えていた赤い光が消えた
手術中、と書かれた小さい看板
僕の足は、反射的に立ち上がる
その瞬間を、待ち侘びていた
ずっと座っていたせいか、血流が溜まった足が途轍もなく重く感じた
鮮やかな青い術衣に鮮血を纏わせた男が、扉の内側から現れる
マスクとキャップを被った、大柄の男

切れ長で大きな瞳が、真っ直ぐに僕を捉える
鼓動が、まるで夏祭りの太鼓のように激しく、僕の胸を打ち付ける
そのまま胸を引き裂いて、外側に飛び出してきてしまうのではないかと思う
胸骨に守られる心臓は、強固な骨でさえも打ち破ろうとして
激しく、激しく、今までに感じたことのないほどに震えている
マスクに覆われた唇が、動き出す
その瞳、その表情が、重く、苦しく、僕に何かを伝える
刹那に、恐怖に包まれる
何も、何も言わないでくれ、お願いだから
彼女は？　一体どうなったのか？
涙が、とめどなく溢れてくる
身体が硬直する、立っているという感覚がない
霞んだ視界の奥から、瞳だけ出した者が続々と現れる
僕と、目を合わせないように
顔を逸らし、足早に去っていく
広い廊下を歩く、複数の足音が

まるで誰かの囁き声のように、不気味に響く
白い床に、僕の膝が打ち付けられる
凍り付くほどに冷たい温度を、全身に感じる
視線を上げると、先程の男が頭を垂れているのが見える
そして僕を真っ直ぐに見つめた後
後ろにいた女性に相槌を送り、立ち去っていく
もう僕を見ることもなく、振り返ることもなく
鍛えられた大きな背中が、徐々に小さくなる
規則的に地面を踏む足が、振り上げられる腕が
漲る精気を僕に伝える
生きている、動いている、真っ白な部屋から出て行った者達
今、部屋に残されているのは、死んでいるから？
生と死の境目とは何なのだろう？
動かないこと？　目を覚まさないこと？　話さないこと？
呼吸をしないこと？　考えないこと？
もう、彼女の心臓は止まってしまったのだろうか？

二度と、その鼓動を体内に響かせることはないのだろうか？
なぜ？　なぜ？　なぜ？
僕の、せいだろうか
神様、僕が、悪かったのでしょうか
あぁ、どうか彼女を、返してください
どうして、彼女だったのでしょうか？
どうか、どうか彼女を返してください
あなたなら、それができるのでしょう？
だからこそ、神と慕われ尊敬されているのでしょう？
もし、僕の命と交換できるのであれば
どうぞ、どうぞ僕を殺してください
どんな残虐な方法でも構わない
彼女が、生きていてくれるのであれば
どうぞ僕を殺して
あなたの、思いのままに

V

目の前を、厚手のダウンジャケットに身を包んだ男が歩いている。ポケットに手を入れて大股で闊歩する後ろ姿からは柄の悪さが滲み出ているが、膨らんだダウンジャケットが腰の辺りで半分ほどに狭まっているのを見ると、醸し出す威圧感に似合わず線の細い人のようだ。男はポケットに右手を入れ、左手の指先には煙草を嵌めている。男が息を吐き出す度に、暗闇に白い靄が浮かび上がる。男の身体の中で温められた空気は外気に触れて水の粒へと変貌し、目に見える空気となる。まるで煙突から出る煙のように、男の口元に広がる紫煙は続けて吐き出される呼気に押し出されて散らばり、やがて見えなくなる。吐き出されるガス状成分には、タールやらニコチンやらの粒子状物質が豊富に含まれているせいか、純粋な呼気よりも薄黒く、いかにも身体に悪そうな色をしていると思った。前方を歩く男が吐き出した煙は、そのまま僕の鼻腔に入り込み、煙草独特の臭気を感じさせる。僕はその臭いを普段から毛嫌いしているが、不思議と今はそれほど気になることはなく、むしろ僕の方からそれを肺に取り込んでいる気さえした。僕は歩きながら、男の吐き出す呼気を眺めていた。純粋な呼気と、不純な呼気。白い煙と、灰色の煙。水蒸気と、有害物質を含んだ水蒸気。二つの煙がいつか混ざり合わないかと期待したが、一服一服を味わうように燻らせる男はその速度が限りなく遅く、色の違う煙が混じり合うことはなかった。先程まで熱気に包まれて火照っていた身体は、肺内に取り込んだ冷気と首筋の隙間から侵入する冷気により冷やされ、僕は熱を求めてポケットに仕舞い込んだ手を頬に当てた。指で触れた頬はまるで氷のように冷たく、感覚が鈍くなっていることに気付いた。ついさっき、熱気が篭る店内の扉を開けた時に頬に触れた冷気が、まるで氷の粒みたいにチクリと頬を掠めたことを思い出した。今その痛みを感じないのは、既に肌が麻痺してしまったからだろうか。僕が吐き出す呼気が放散されて外気に触れた瞬間、溢れた水分は水の粒へと変容して白い靄となる。口元に広がるそれは、僕の全身の細胞から産生された二酸化炭素を含み、呼吸の生産物として外気へと放り出される。目に見える形で現れる呼吸は、僕の身体が無意識下で行っているのだと思うと、不思議な心地がした。僕の精神とはかけ離れた場所で、僕の身体が僕を生かそうと働いている。それはまるで、僕の精神と僕の身体が手を取り合っているようにも感じるし、その二つが分離しているようにも感じる。もしそれらが、同じ個体の中に入っているだけの別物であるとしたら、僕の存在はどちらに帰属しているのだろうか。そんなことを頭の中でぐるぐると考えていると、不意に男が振り返った。

「お前、何であんなところにいたの？」

「へ？」突拍子もなく投げ掛けられた問いに、あれこれと思考を巡らせていた僕は間抜けな声を出した。

「お前、あんなところが好きなようには見えないし、楽しんでる感じでもなかったし。男に誘われてふらふらと出てくる感じじゃあ、友達と来てるわけでもないんだろ？」

「別に、ただの暇潰しです」

「深夜に？」

「眠れない夜があってもいいでしょ？」

「お前、まだ高校生だろ？　兄貴の保険証でも借りてきたか？」

「そうですよ」

「眠れなかったら、お勉強でもしてろよ」

「息抜きは誰だって必要でしょ」

「親は？」

「多分、家で寝てますけど」

「ふーん。教育熱心な親の重圧を窮屈に感じたか、複雑な家庭環境に耐えられなくなったか、お前、もしかして家出少年か？」

「違います。多分、僕がこうやって抜け出していることは、親は気付いていませんよ。僕、壁を通り抜けるように家を出てきてますから」

「……まぁ何でもいいけど」男は僕を値踏みするように一瞥して、へらへらと笑った。僕を振り返りながら歩いていた男の足が地面に転がっていた小石を踏み付け、バランスを崩した男は「おっと」と言いながら体勢を立て直した。前を向いた男は手に持つ煙草を咥えたが、既に短くなったそれを見て指先で弾くように投げ捨てた。僕が呆然とその動作を眺めていると、視線に気付いた男が僕を見た。

「お前も、吸ってみるか？」男はケースから煙草を一本取り出して、色の染まった部分を僕に向けて差し出した。やや強引に渡されたそれを口に咥えると、男はその先端にオイルライターを近付けて火を点けた。ジュッ。金属同士の擦れ合う音が聞こえた後に焦げたような匂いがして、少し突き出した紐のような繊維に火が灯った。白い繊維の上で、青い炎と橙色の炎が踊る。ゆらゆらと揺れる炎は僕が咥える煙草に移り、先端部分がじりじりと焼けて削がれていく。灰になるばかりで一向に火が灯らない煙草を不思議に思っている僕を見て、男は鼻で笑った。

「口から息を吸うんだよ」言われた通りに軽く息を吸い込むと、橙色の火が灯った。吸入の度合いが分からずに勢い良く吸い込んだ煙が、咽頭の彼方此方を刺激して僕は激しく咽せ込んだ。断続的に煙を吐き出して行く度に、肺内の酸素が失われて行く感覚に陥り、息が苦しくなった。喉の内側の粘膜を掻きむしりたいような、歯痒い気分だった。

「おい、大丈夫か？」

「……はい」少し荒くなった呼吸を整えながら、再び煙草を咥えようとした時、煙草を持つ手にぴりぴりとした痛みを感じた。ピンク色に染まる手を見ると、冷気に侵されて悴んでいるようだ。僕は逆手に煙草を持ち替えて、強張る手をジャケットのポケットに突っ込んだ。感覚が鈍化した指先に、何かが触れたような気がした。それは尖った金属のようで。僕の手はまるで磁石に引き寄せられたかのように、ポケットに沈んでいたニードルを握り締めた。この感覚を、僕は覚えている。金属に触れる皮膚が熱を持ち、その下に流れる毛細血管の血流を、僅か二ミリの隔たりを超えて感じているような気がした。呼吸が荒くなり、息苦しさを感じる。収縮運動を繰り返す心臓が、内側から肋骨を押し出しているような圧迫感。それは、僕の全身を駆け巡る血流がその部分に反映されているように、激しい流れであると思った。欲望のままに生を貪るような感覚。すっきりとした心地良さ。思わず、はっとした。この感覚が、あの時僕が感じたそれとまるで同じであることに気付いた。僕は、欲しているんだ。あの時のように。何かを求めているんだ。だから夜の街を彷徨い、そして、見つけたのだ。思わず、笑みが溢れた。胸の底から這い上がってくる欲望を満たす方法を、僕は知っていたから。その手段も、手の内にある。その犠牲も、目の前にいる。いや、これは犠牲なのだろうか？　僕はただ、知りたいのだ。彼の希望を。僕はただ、見たいのだ。彼の絶望を。彼の渇望したものを一瞬に閉じ込めて、彼が掴めなかった光を感じたいのだ。瞼を閉じると、首から両腕にかけて小さな刺激が走り、肩がぶるんと震えた。息を深く吸い込む。ニードルを持つ手に力を込める。僕の意識が整う前に、身体が動き出していた。僕は彼の背中を目掛けて一歩を踏み出し、思い切り手を振りかざした。

重く、鈍い感覚があった。薄い皮膚とその下に埋まる筋肉組織や脂肪を掻き分けて、臓側胸壁を突き破り、スポンジのような網目の中へと溶けて行くような感覚。

瞼を開けた時、ニードルは男の背中に深く埋まっていた。狙いを定めずに振りかぶったそれは肋骨を突破して、するりと男の内側に侵入したようだ。身体を構成する細胞を突き破ったとは思えないほどの滑らかさに、僕は呆気に取られた。

「痛っ……は？　お前……何っ――」男は眉間に皺を寄せながら胸部を押さえ、まるで長距離走をしているような大袈裟な呼吸を繰り返す。しかし、男が懸命に取り込んだ空気は僅かな隙間から胸腔内へ漏れ、沈殿するように溜まった空気は置きミスを繰り返したテトリスの惨状のように膨れ上がり、肺を圧迫する。やがて虚脱した肺は、外肋間筋と横隔膜に対する従順を放棄する。

「はぁ……」固く目を瞑り、呻き声を漏らしながらアスファルトに蹲る男の前に、僕は屈み込んだ。僕の手は引き寄せられるように伸び、男の胸部に触れた。ザクッ。まるで雪山を歩いているような音と、霜柱を潰した時のような感触だと思った。ダウンジャケットの上からでも、その部分が少し膨らんでいることが分かる。男の身体から聞こえてくる握雪音を不思議に思った僕は、もこもこと起伏した皮膚に触れながら、妙な心地良さを感じた。不意に、意識が遠のいた男が後ろに倒れ込みそうになり、僕は咄嗟に手を伸ばして支えた。

「お前……何なんだよ」荒い呼吸の中に、断続的に吐き出される細い声が混じる。男は口を開けたまま、虚ろな表情で肩を動かしている。僕は自然に綻ぶ表情を自覚しながら、男に埋まるニードルを掴み、ずるずると引っ張り出した。凹凸のない切っ先は、それが侵入した時と同じように、裂けた筋肉組織と脂肪の間をするりと抜けた。

「うっ」腹部を蹴り飛ばされたような悲鳴を上げ、男は懸命に歯を食い縛っている。その表情は苦痛に歪み、眉間に深い皺を刻ませながら固く目を瞑っている。男の肺を貫いたニードルの切っ先には、男の血液がこびり付いている。血の気が引いたような顔を覗かせて俯く男の額には、じんわりと汗が滲んでいる。その時、一粒の汗が滴り落ちて地面に伏せる男の手に落ちた。青白い肌がピクピクと動いて見えるのは、男が微かに震えているからだろう。小さな振動は末端に伝わり、男の指先を動かし始めた。

まるで意思を持った生き物のように不規則に揺れる指先を見た時、いつか見た彼の姿を思い出した。眩いカラーライトの中で、自由に、軽やかに、鮮烈な音楽を奏でる指先。まるで何かの拘束から解放されたような伸びやかさで、この世界の誰も、何も、彼を封じ込めることなどできないかのように、彼の指は一心不乱に動く。そんな状態で、冷静な感覚を保っていられる筈がない。もはや何が、彼の指先を動かしているのかさえ分からない。視覚？　聴覚？　触覚？　嗅覚？　味覚？　留まることなく伝達される、無限に膨れ上がった感覚刺激を彼の脳は対処しきれずに、やがて考えることをも放棄してしまうのだろうか。思考回路が停止した脳内で、彼の才能が生み出す感覚と僅かに保っている感情を携えて、動く。まるで全身の力がその指先にのみ降り注がれるように、奏でる。初めて彼を見た時の衝撃が、ハンマーで頭をかち割られたような鈍い打撃とともに、強烈に僕の心を支配した。汗を撒き散らしながら、狂ったように踊る若者の中心で動く彼は美しく、この世界で生きる上での理性や、道徳、人権、規律、規則、法律などという堅苦しい物を全て取っ払ったような身軽さで、どこまでも激しく、本能のままに何かを渇望し、溢れそうなほどに膨れ上がった欲望を抱えているような貪欲さがあった。

目の前で蹲り静かに震えている男が、その時の記憶と重なった。小刻みに揺れる指先は、淡い紫色に変わっていた。

「楽しいですか……？」あまりにも脈絡のない突飛な質問だと思った。しかし、僕に鮮烈な衝撃を与えた男を見ていたら、聞いてみたくなった。

「生きるって、楽しいですか？　生きる意味って、何だと思いますか？」

「……は？　お前……自殺したいの？」男は荒い呼吸とともに、僅かに口角を上げながら言った。

「そういうわけじゃないけど」

「はぁ……」漆黒の瞳が、真っ直ぐに僕を見つめた。

「……人生は、生きるためにあるんだろ？　お前は、何をちまちま気にしてるんだ？」そう言って、僕を見下したように男は笑った。僕は男の言葉が理解できず、その言葉を反芻した。

人生は、生きるためにある？　生きることは、人生を歩むことにのみ付随する理由になる？生きる意味を問うことは、全くの愚問であるということだろうか。生きることは、この世界に生まれた者の使命であり、義務であり、そこには理由など存在しない。この世界に生まれ、この世界から消え去るまで、僕達は「生きる」ことを理由に人生を歩む。彼は、何を言っているのだろう？　男の言葉を理解できず、僕は混乱した。男の言葉が頭の中でぐるぐると廻り、目眩を覚える。人間がこの世界に生まれようとする時、これから訪れる全ての出会いに心浮かれている時、まず「生きる」という枷を取り付けられる。それは手足を上げるには重く、呼吸をするには何の障壁にもならない。「生きる」という目的により生み出された僕の細胞は、その言葉には何の疑問も持たずに、自らの機能を、自らの生命が果てるまで全うする。しかし面倒にも素直に納得できずに、疑問を持ってしまうのが精神というものなのだろうか。ひょっとすると男は細胞について語っているのだろうかと、強引にも納得しようとする。僕を混乱させる男の言葉は、エメンタールよりも遥かに風通しが良く、食べても具にあり付けないおにぎりのように狡猾で、アイスのないモナカのように中身のない言葉のように聞こえた。バタン。物音にはっとして前を見ると、アスファルトに倒れ込んだ男が、引き攣ったような表情で笑っていた。

「お前は、何のためにこんなことをする？　もしかして……生きるためか？　はは……」乾いたような笑い声が、妙に胸に響いた。嘲笑うように僕に向けられた瞳を見つめる。男に対する怒りの感情は、一切なかった。男の言葉が正論だとも、異論だとも思わなかった。ただそれ以上、何も言ってほしくないと思った。男の言葉は僕の心臓をじりじりと握り潰すようで、息苦しさを覚えた僕は、胸の底から込み上がる何かを感じた。瞬きをする度に強膜を覆う潤いが増し、全身に鳥肌が立つのを感じる。僕は鼻腔に流れ落ちた鼻汁を啜り上げ、地面に転がるアイスピックを手に取った。激しい咳嗽反射に悶える男を見つめる。僕は引き攣ったように笑う男に覆い被さり、喉元にそれを突き立てた。微かに触れる男の皮膚から、血液がすっと漏れる。呼吸が乱れ、手元が震えている。こんな気持ちは初めてだった。アイスピックを掲げた瞬間、男の瞳孔が広がった。その瞳に、恐怖の色が映ったように感じた。男が唾液を飲み込むと、薄い皮膚を隆起させる甲状軟骨が動いた。

「お、おいっ……俺を、殺すのかよ……何で……」男は咄嗟に周囲を窺った。人気のない夜道で、逃げる隙を窺っているのだろう。しかし、自らが仰向けになった状態で体格差もない男に馬乗りになられては、逃げるに逃げられないのだろう。もっとも、肺に穴を開けられて十分に酸素が巡らない身体では、逃走は絶望的だろう。

「おい……はぁ……何なんだよ」男の声は、震えていた。徐々に冷静さを欠き、混乱を見せるその姿を見ていると、次第に僕の中で何かが高まっていくのを感じた。それは忘れていた感情を取り戻すような、失われた輝きを取り戻すような感覚だと思った。胸がざわつき、僕は瞼を閉じた。腹部を下降する血管の振動を感じる。腹の底から地響きが鳴っているような感覚に、違和感を覚えた。吸気を取り込み再び瞼を開けた時、僕の眼下で震える漆黒の瞳が、その首元に感じる鉄の香りが、か細くなった息継ぎが、首とダウンジャケットの隙間から侵入してくる冷気が、唐突に感じる口渇感が、僕を取りまく全てのものが、強烈に僕を刺激しているように感じた。爽快で、生まれ変わったような心地だった。こんなに新鮮な空気を吸っても良いのだろうかと、よく分からない物に対する謙遜さえ覚えた。すっきりしたような気分で男を見つめると、衰弱した男は喃語のような、呪文のような言葉を唱え始めた。

「も……もうすぐ警察と……きゅ、救急車が……来る……ぞ……」男の声は、殆ど耳を澄まさなければ聞き取れないほど小さくなっていた。そんなこと、今この状況下で言う必要なんてないのに。寧ろ、それは自らに牙を剥こうと凄む僕を急き立てるトリガーとなりかねないのに。冷静な判断力を失った男は、必死に僕を脅そうとする。焦点の定まらない瞳を、僕は真っ直ぐに見返した。

アイスピックを握る手に力を込める。男の瞳孔が更に広がり、瞳が見開かれた。瞬間的に、動いた。彼の首元に赤い線が糸を引く。眼下から悲鳴が聞こえる。右頸部を押さえ、長い足を激しく動かしながら悶える。良く焼けた小麦色の指間から血液が流れ出る。僕はくねくねと動き回る男を見て舌打ちをし、全体重を掛けて男を押さえ付けた。片手で男の胸を強く押さえ、掲げた手を心臓目掛けて思い切り振り下ろした。がつん。コンクリートに拳を打ち付けたような衝撃。骨に響くような鈍痛が、握り締めた金属を通して伝わる。重く、沈み込むような衝撃だった。僅かに、骨が軋むような音が聞こえた。皮膚を貫いた切っ先が、肋骨を掠るように削ったのだろうか。その瞬間、引き笑いのような吸気音が聞こえた。大きく見開かれた瞳は、まるで全てが瞳孔であるかのように一色に染まり、大きく広がっている。僕達を包み込む冷気に、僕の呼吸音と、不規則に吐き出される白い靄だけが浮かび上がる。見開かれたままの瞳を見ると、充血したそれが僕を見つめ返しているように感じた。その瞳は恐怖や恨みなどの感情よりも、なぜ？　という純粋な疑問を抱いているようで、力なく仰向けになる男が、首を傾げているように見えた。

遠くから、何か耳に触れるような危険信号のような音が、断続的に鼓膜を振動させていることに気付いた。徐々に大きくなり、けたたましく響くそれにはっとした瞬間、一気に視界が開けた。音の鳴る方向を見ると、どこまでも続く暗闇の奥から点滅する赤い光が近付いてくるのが見えた。強く握り締めるニードルの切っ先は、彼の首元に軽く触れているだけ。男は声を殺し、泣いていた。その瞳に映る僕が、歪んで見える。徐々に大きくなる音を認識して、僕は反射的に腰を上げた。そして方向感覚を掴めないまま、サイレンから逃れるように駆け出した。静かに震える男から視線を外し、僕は一直線に走った。足の感覚が上手く掴めなかった。力が入らず、少し蹌踉めきながら必死に足を上げた。ひたすらに真っ直ぐ、僕は走り続けた。酸素が、足りない。喉が、痛い。乾燥を潤すように、唾液を飲み込む。暗闇の中を、街灯の薄明かりとぼんやり開けた視界を頼りに、走った。一体どこへ向かっているのか、分からなかった。しかし、足を止めてはいけない。決して、立ち止まってはいけない。火の付くような苦しさを押し殺し、無我夢中で走り続けた。

VI

何も浮かんでいない空に、一羽の白鷺が悠々と飛んでいる。果てしなく広がる青に、鮮やかな白が驚くほど映える。緩やかに昇る太陽が、冷気を纏うアスファルトを控えめに照らす。沿道には青々と茂る葉を束ねた銀杏並木が並び、まるで蛸足のように畝る太い根で大地をしっかりと掴んでいる。風の流れを感じない今、その葉はじっとして動かない。肌に触れる空気は冷たく、枯渇したそれに水分を奪取されているように、ヒリヒリとした痛みを感じる。一刻も早く暖房の効いた屋内に逃げ込みたかったが、寒気により震える足先は思うように動かず、なかなか前に進めていないような感覚があった。からっとした快晴なのは結構だが、恐ろしく乾燥した冷気にはいい加減嫌気が差していた。

毎週訪れる休日は恐ろしく早く過ぎ去り、また学校と家を往復する日常が戻ってきた。時の流れを憎々しく思いながら、僕は学校へ向かう。今となっては、解放感に満ち溢れていた先週の金曜日の余裕が、まるで嘘のように感じる。どうして、休日という心躍る期間においては、時間の流れはこれほどまでに早いのだろうか。何ともくだらない、怠惰の極みともいえる疑問だが、時に本気で考えてしまうことがある。不可逆的に淡々と流れ行く時間とやらは、僕がどんなに祈ろうが、決して抗えないことは火を見るより明らかだ。過ぎ去る時間を思いのままに操ることができないのであれば、過去に遡ることのできるタイムマシンとやらを開発してくれないものかと、何度願ったことだろうか。

何の目的もなく、自堕落な生活を送ろうかと思っている時、静かなリビングのソファに寝転びながらテレビをつけると、画質の粗い洋画が放送されていた。画面には、ちょうど「BACK TO THE FUTURE」という文字が映し出されており、それはまるで、インディ・ジョーンズを彷彿とさせるような色合いのロゴだと思った。余程古い作品なのだろうと思いながら何となく眺めていた時、エメット・ブラウン博士の発明した車型タイムマシンの登場に、まるで雷鳴が轟いたかのような鮮烈な衝撃を受けたことを覚えている。僕が思い焦がれていたことが、現実に近付きつつあることを予感させた。しかし、それが三十年以上も前の作品であることを知った時、急速に膨張した僕の期待は破裂音とともに消えた。三十年の時を経て進歩した科学技術を駆使してもなお、デロリアンを実現することは困難なのだろうかと、全く以て傍観者でありながら酷く落胆した。

今この瞬間が過ぎれば、全ての物事は過去のものへと変貌し、新しい未来が押し寄せる。もはやデロリアンに抱いた淡い期待は消え去り、過去に遡ることができないのであれば未来など来なければ良いと、投げやりな気分になった。そうすれば、自分は永遠にその一瞬を生きることができるのではないかと思った。しかし、未来が来ないからといって時間の流れが止まることはなく、過去は過去として等しく過ぎ去る。そうすれば、僕はどの時系列にも属さない存在として、時間の流れの中から抹消されてしまうのではないだろうか。普遍的な日常から僕だけが消滅し、誰もそのことに気付かない。そんな世界を想像したら、途端に恐ろしくなり全身に鳥肌が立った。

不意に追い風を感じて、身体が前に押されるような感覚を覚えた。はっとして顔を上げると、いつの間にか信号が変わっていたことに気付いた。信号待ちをしていた人々が、僕を追い越して交差点を渡る。彼らの後ろ姿を呆然と眺めていた時、一粒の水滴が頬に張り付いた。驚いて空を見上げると、もこもこと広がる積乱雲が青空の一角を覆っていた。つい先程までは雲一つなかったのに、一体いつの間に発達したのだろうか。燦々と輝く太陽に寄り添うように広がるそれは、まるで夏の台風を想起させるようだと思った。冬も深まり、街全体が冷気に満ちた季節、青空と太陽という言葉だけなら心嬉しくなるが、それに積乱雲が加わると何とも不思議な心地になる。冬場にも積乱雲は見られるものなのかと、ふわふわと不気味に漂う巨大な雲を眺めながら思った。そういえば、家を出る時にちらりと見た天気予報で、太陽と雨のマークが付いていたことを思い出した。僕は、激しい雨は降らないだろうと思い、傘を持ってこなかったことを少し後悔した。雨に濡れると、堅苦しい制服が更に重くなるため厄介だ。早く学校へ向かおう。頭上に広がる積乱雲を見上げながらそう思っていると、視界の端にチカチカと点滅する青い光が見えた。はっとして前を見ると、僕が渡ろうとしていた信号が青い光を点滅させていた。青に切り替わったことを確認しながらも、不意に頬に触れた雨に動揺して渡ることを忘れていた。急いた僕が駆け出そうとした時、僕の横を誰かが通り過ぎた。少年が、ちょうど赤信号に切り替わった交差点に飛び出していった。少年の背中を見送りながら、僕は視界の奥から侵入する自動車を捉えた。その瞬間、胸騒ぎのようなものを感じたのは、決して僕に、未来を見通せる予知能力があったわけではなく、ただ、胸がざわざわするといったくらいのものだった。速度を落とさずに、加速する勢いで迫り来る自動車。迷いのない意志の如く真っ直ぐに進むそれが、スローモーションのように見える。真っすぐに駆ける小さな少年。自動車の存在に気付いていないのだろうか。圧倒的に速度の違う両者から、僕は目が離せなかった。見えそうで見えないフロントガラス。ただ、大袈裟なほど強くハンドルを握る指先と、大きく開いた口元が見えたような気がして、僕の指先が微かに震えた。自動車と少年を捉えて離さない視線。異様なまでの口渇感。立ち竦む足。花火のように激しく、胸を叩き付ける鼓動。じっとりと額に滲む汗。大きく口を開いたが、声が出なかった。少年の背中を見る。気付け！　止まれ！

僅かに汗をかいたTシャツの感触。確かに感じる少年の体重。そして――。ふわっと浮くように、身体が舞い上がる。視界が歪む。太陽が僕を黄金色に照らす。思わず目を瞑る。太陽の光が暖かく感じる。寒いはずなのに。今日はやっぱり、不思議な天気だな。それにしても、何だか身体がじんじんする。熱いような、痛いような。何でだろう？

「うっ」身体が硬いアスファルトに叩き付けられたような感覚。金属バットで殴られたように、全身がピリピリと痺れている。鈍い痛み。うっすらと目を開けると、傘を持った人々が九十度反転して見えた。何が起きたんだろう？　少しずつ、自分の状況を確認しようとする。右手を道路に付けて力を入れる。しかし、力を入れているはずなのに身体が全く動かない。あれ？　どうしたんだろう？　筋肉の振動を感じるのに、驚くほどに微塵も動かない。軽く息を吐くと、胸部に痛みを感じた。そういえば、少し息が苦しいような気がする。上手く吸えないし、上手く吐けていないような感覚。呼吸しているのに、肺から空気が漏れているような感覚。もしかしたら、肺に穴が開いているのかな？　そんな戯言が思い浮かんで、僕は笑った。しかし、上手く笑えなかった。胸部に感じる痛みのせいで、思うように息ができない。苦しい。胸に手を当て身体を丸めた時、視界の中にふらりと黒いスニーカーが現れた。肩幅程度に開き僕の横に佇んでいる。僕を、見下ろしているのだろうか。顔を上げようとしたが、力が入らなかった。遠くの方で、女性の悲鳴のような声が聞こえる。その声が徐々に明瞭に、大きくなって聞こえる。怯えたような、震える声。どうかしたのだろうか。悲鳴を上げる女性は、どうやら僕の近くにいるようだ。それにしても胸が痛い。背中が痛い。足が痛い。身体中が痛い。あの少年は、どうなっただろうか。思い切り突き飛ばしてしまったから、転んでしまっただろうか。不安に思ったが、少年を探す気力がない。ふと、視線を空へ向けると、スニーカーの間から灰色の雲が見えた。先程よりも大きく黒ずんだそれを見て、家を出た時には確かに晴れていたことを思い出した。熱した光を放っていた太陽は、微かに覗く切れ間から仄かな橙色を漏らしている。ぽとり。淀んだ空から落下した雨粒が頬に触れた。思ったよりも大粒で、冷たかった。続け様に垂れてくるそれがアスファルトの彼方此方に染み込み、独特な臭気を漂わせる。雨の匂いだと思った。その臭気に誘われて、僕は首を動かす。スニーカーを辿り、頭上から注がれる視線を探す。胸の痛みに堪えながら顔を上げると、僕を見下ろす二つの瞳と目が合った。小さくて、円らな瞳だと思った。薄い唇は震え、艶やかな黒髪の隙間から向けられる鋭い眼光に、ぞくぞくとした悪寒が走る。僕も、彼のことを見つめた。その瞳から、視線を背けることができなかった。そのまま、お互いが動かないまま、時間の経過を感じながらも、まるで自分達の空間のみ時の流れが止まっているかのように見つめ合っていると、不意に彼が笑ったような気がした。目を細めて、右側の口角を上げながら微笑んでいる。また、誰かの悲鳴が聞こえた。彼は笑みを漏らしながら、震える唇から乾いた声を出した。過呼吸のような、発作のような、笑い声。その様子を眺めていると、軽い目眩を覚えて視界がぼやけた。歪んだ景色の中から細い腕が真っ直ぐに伸びて、僕に触れる。冷たい手が僕の首筋を撫でる。最初は優しく、慰めるように。そして少しずつその力を強め、僕の首筋を滑る。僕は彼の瞳に囚われたまま、徐々に呼吸ができなくなっていることを自覚した。皮膚を掴む指が、首の内部に通る筋を押し退けて深部へと埋まり、その重みが鉛のように感じる。苦しい。息が、できない。

「やめて」先程からずっと聞こえていた悲鳴のような声が、突然明瞭に聞こえた。何かに怯え恐怖に慄くような声が、澄んだ空気を抜けて僕の耳に届く。その時、僕を眺めていた人混みが乱れ、その中から痩せた男が飛び出した。男は酷く動揺した表情で、一心不乱に僕の方へ駆けてくる。その顔が、どこかで見た顔と重なる。

「遙っ」その声が、どこかで聞いた声と重なる。男が伸ばした手が寸前に迫った時、それまで僕を捕らえて離さなかった視線が外れ、長い前髪が揺れた。彼の視線が男へ向けられた瞬間、何かが光ったように見えた。

「うっ」鈍い声と、それに続く引き笑いのような呻き声が、不気味な余韻を残しながら消える。地面に尻餅をついた男の上に跨った彼は、がむしゃらに、まるで何かに取り憑かれたかのように腕を振り上げる。骨が軋むような、鈍い音が聞こえる。何が、起こっているのだろう。ぐしゃぐしゃと不気味な音が響く中、僕は乱れた呼吸を整えながらその動作を眺めた。彼の振り被った拳に合わせて揺れる男は、鼻がへし折れ、瞼が重く腫れ、その顔に血液をちりばめながらぴくりとも動かなくなっていた。男が静かになったことに気付いたのか、もしくは疲れただけなのか、彼はふらふらと立ち上がりながら男の腹部に沈み込むナイフを引き抜いた。鋭い切っ先が裂いた切れ目から、まるで溶岩の隙間を流れるマグマのようにどろどろとした血液が噴き出した。止めどなく溢れ出るそれは、男の衣服に染み込みながら地面へ流れ、アスファルトを染めていく。ぼんやりとした視界の中で、男の歪んだ表情が浮き出て見えた。激しく乱れていた呼吸が、落ち着きを取り戻していく。僕の全身に張り巡らされた血管に流れる血球が、欠乏した酸素を充足させていくような感覚を覚え、薄れていた意識が徐々に明瞭になってきた。男が、倒れている。顔をくしゃくしゃにして。僕を、助けようとしたのだろうか？　なぜ？　男の傍に力なく佇んでいた彼は、俯いたまま静かに胸郭を動かしている。彼が大きく息を吐き出した時、その前髪に隠れる眼光がぐるりと周囲を見渡した。それまで無我夢中に男に跨っていたその視線が初めて周囲に向けられた瞬間、地面を踏み締める足音が重なった。逃げる隙を窺う冷静さを欠き、恐怖のあまり叫び声をあげることさえも忘れてしまうほどの混乱。彼らはただ、目の前で一人の人間が惨殺された事実と、その牙が自分に向けられるかもしれないという仮想の中で錯乱し、目を見開きながら彼を見つめている。その場にいる誰もが呼吸を忘れ、渇いた喉に唾を流し込んだ時、群衆に紛れる一人が、足の力が抜けたようにアスファルトに頽れた。まるで獲物を探すような瞳が、尻餅をついたまま地面にへばり付く女子高生を捉えた瞬間、彼は走り出した。真っ直ぐに、恐怖に縮み上がる瞳を捉えたまま。

「ひっ」女子高生は臀部に鳥黐が付いてしまったかのように、腰を悶えさせながらも動けないままでいる。その眼前に彼が迫った時、彼女の瞳が大きく見開かれた。また、光のようなものが見えた。それと同時に、銀色の残像が見えた。刹那に現れたそれはやがて朱殷を纏い、空間を彩る。彼女の首筋から噴き出した血液は、銀色に絡まりながら血管を飛び出し、外世界へ放たれる。激しい血飛沫を全身に浴びた彼は、ぐったりと倒れ込む彼女を静かに見下ろした。そしてその手に握られたナイフを掲げ、周囲を取り囲む人々に飛び掛かった。俊敏な動きで、人混みを縫うように進む。恐れも、戸惑いも、哀れみも、後悔も、一切の妥協も許さないように力強く、強引に、逃げ惑う人々の皮膚にその切っ先を突き立てる。まるで、最初に男の腹部を抉った時に何かが吹っ切れたように、もしくはコツを掴んだかのように、もしくはさらなる快感を求めるように、彼の握るナイフは自身の意思を持つ生き物のように、地面に転がる人々を容赦なく切り付ける。裂けた皮膚から血飛沫が舞い、彼に降り掛かる。空間を這う朱殷の粒が、踊るように燦々と降り注ぐ光景は、生々しくも幻想的で、非日常的なおどろおどろしさを生み、僕の網膜に克明な像を刻む。不意に、静寂を感じた。まるで、鼓膜を震わす一切の雑音が排除されたかのような、静寂。荒い、彼の息遣いが聞こえる。激しく乱れた吐息が、静まり返った空間に響く。気付いたら、僕を取り囲んでいた人々はその場に倒れ込み、周辺に転がる幾つかの傘の手前に、彼の姿を見た。まるで落下隕石により消滅した地球を見て愕然としているかのように立ち竦む彼は、華奢な肩を上下に震わせながら、乱れた呼吸を繰り返している。時々激しく咳き込みながら、肩を揺らしている。彼は、笑っていた。苦しそうに腹を抱えて、笑っていた。静寂に響く、囁くような引き笑いは次第に大きくなり、狂ったように乾いた声を漏らす。しかし何かに刺激されたのか、今度は激しく咳き込み始めた。胸を押さえ、俯きながら悶える彼は少しずつ落ち着きを取り戻したのか、深呼吸を繰り返しながら虚ろな視線を僕に向けた。どこか寂しげで、今にも泣き出してしまいそうな悲壮感が漂うその視線に、先程までの鋭い光はなかった。どうして、そんな顔をするのだろう？　思わずそう感じてしまうほどに、深い悲しみを背負い込んだような瞳が、目前に迫った。漆黒の瞳に、僕が映る。首筋に冷たい感触があり、ナイフが突き立てられているのだと気付いた。反射的に、呼吸を止める。かたかたと揺れる切っ先が皮膚に触れ、僅かに裂けた毛細血管からじんわりと温かいものが滲み出る。彼は、震えていた。感情のない、どこまでも深く沈むような瞳に光が見えた瞬間、首筋に当てられていた切っ先が大きく空に掲げられ、垂直に落下してきた。鋭くて、短い痛みを感じた。それは指先を紙で切った時のような、慣れない剃刀で皮膚を抉った時のような痛みに似ていた。再び振り上げられた切っ先を追うようにして、舞い散る血飛沫が見えた。裂けた皮膚が外気に触れ、ひんやりとした感覚を覚える。痛い。怖い。何が、起こっているのだろう？　激しく、混乱していた。状況が理解できない脳内に冷気が吹き込み、悶絶するほどの痛みを感じる。胸、腹、大腿が痛い。今までに感じたことのないほどの痛みに、更に混乱する。痛くて、痛くて、痛くて。死にたくなるほどの、痛み。全身の筋肉を収縮させて少しでも痛みを紛らわせようとするが、全く力が入らない。痛みと恐怖に囚われ、視界が滲む。彼が、笑っているのが見える。僕を見て、口角を引き上げて笑っている。狂気に満ちた笑顔。視界が狭まる。痛みさえ、感じなくなっている。痛みも、恐怖も、感じない。遠退く意識の中で、ただ彼の瞳に映る、僕を見ていた。

がたん。何かがぶつかったような音が聞こえて、それと同時に自分の身体が揺れたことに気付いた。うっすらと瞼を開けると低い天井が見えて、白色の閉鎖的な空間にいることが分かった。口元に違和感を覚えて視線を向けると、僕の鼻と口がシリコンのような素材で覆われており、呼吸をする度に白く濁っているのが見えた。その先には緑色の風船のような物が繋がっており、マスクとヘルメットを装着した男性が一定の間隔でそれを押し潰していた。風船に圧を掛けられる度に僕の口の中に大量の空気が押し込まれ、口腔内へ強引に侵入した空気は否応なしに横隔膜を肝臓の方へ押しやり、肺を膨らませる。強引に押し込まれるそれを少し苦しく感じたが、楽にも感じられた。全身の感覚があまりにもなく、呼吸の仕方も分からなかった。もはや、自力で呼吸をする自信がないように思えた。だから、無理矢理にでも僕の呼吸運動を保ってくれていることをありがたく感じた。呆然と男性の方を見ていると、その瞳と目があった。男性ははっとしたような表情をして、僕に向かってパクパクと口を動かした。男性が何を言っているのかが分からずに、ただその様子を眺めていると、軽く肩を揺さぶられた。ゆらゆらと揺れる視界に酔ってしまい眉間に皺を寄せると、男性は少しだけ安心したような表情を浮かべた。時折背中がガタガタと揺れ、視界が歪んだ。何度も感じたことのある感覚だと思った。これは、車だろうか？　僕は今、車に乗っているのだろうか？

あぁ、なんだか身体中が重い。感覚が鈍く、指先がピリピリと痺れている。唐突に、眠気を感じる。少しずつ、意識が薄れていくように感じる。油断すると意識を手放してしまうのではないかと思うが、それを危惧するのも面倒に感じる。何も、考えが浮かんでこない。考える気力さえ、起きないことに気付く。ただ呆然と、白い天井を眺める。風船に圧を掛け続けている男性は、時折僕の顔を覗き何かを言っている。薄れ行く意識の中に、漠然とした恐怖のような感情が混じる。不意に感じる、死という言葉。自分は、死んでしまうのだろうか。そう思った。唐突に、死への恐怖がまるで底なし沼のように深く、深く広がっていく。死という現象が、間近に迫っているような気がして、怖くなった。なぜ、僕はここにいる？　僕に、何が起こっているのか？　僕はこのまま、死んでしまうのだろうか？　目尻に溢れた涙が、重力に引っ張られて垂れる。男性は僕の肩に手を置き、必死に何かを言っている。激しく揺れる視界が、閉じそうになる瞼を懸命に引き上げる。まるで、男性が複数人いるような残像を見る。ずっと、そうしてほしいと思った。そうでもしないと、僕の瞼はいとも簡単に閉ざされ、そして再び、開かれることがないような気がした。まるで昼食後の授業のような、じんわりと広がる暖かい空気感に包まれ、強烈に迫り来る睡魔に吸い込まれていくような感覚だった。

車がゆっくりと減速し、やがて停車した。勢いよく開かれたドアの先には、青いスクラブに身を包む複数の男女が見えた。また少し身体が揺れた後、彼らはぐるりと僕を取り囲み、どこかへ移動し始めた。

「血圧85／40、脈拍１６０、体温36・1、ＳｐＯ２89％、血圧下がってきてます」夢現に、そんな声が聞こえた。よく通る声に、やや緊張感が混じっている。狭まった視界の中で、手前にいる女性が、僕に向かって何か話し掛けているのが見える。

「十代男性……で数カ所を負傷しています。救急隊到着時ＪＣＳ20、現在２００まで低下して……」

「輸血と輸液全開で、ＲＢＣ10単位追加オーダーして……ナイフが……所は止血してるから後回し……から縫合するよ。……先生、麻酔お願いし……」

意識が遠退いていく感覚。徐々に、周囲の声が聞こえなくなっていく。彼らは、何を話しているのだろう？　思考が、回らない。上手く、考えることができない。考えるって、どうすればいいんだっけ？　ここは、どこ？　僕は、何をしているのだろう？　少しだけ、首と腹と、太腿の辺りが痛いような気がする。息も、苦しい。自分の意識とは無関係に、定期的に大量の空気が送られてきて、横隔膜が下がり、肺が膨れていくような感覚。何だか、眠くなってきた。まだ、眠くないはずなのに。先程から、僕の意識とは別に、外側から何らかの力が加えられているような感覚がある。これは、なんだろう？　僕は今、何をしているのだろう？　ひたすらに眠い。もう、眠ってしまいそうだ。しかし、今はまだ眠ってはいけないと、本能的に感じる。今だけは、意識を手放すことが怖い。もう一生、目を開けられなくなる気がしたから。直感的に。だけど、僕の願いとは裏腹に、意識が薄らいでいく。強引に。離れてしまう意識に向かって、手を伸ばす。何とか、片手で掴んだはずなのに、それを手元に手繰り寄せることはできなくて、指の間から、まるで煙のようにふわりとすり抜けていく。そして、僕は深い眠りに落ちていく。

Ⅶ

ＬＥＤライトが照らし出す空間は、狭く、汚く、汗と、男の匂いがこびり付いているようだった。あまりにも閉鎖的な空間には、重厚感のある空気が鬱滞し、一酸化炭素中毒にでもなりそうな薄弱な酸素下で呼吸しているように感じる。天井に張り付く蛍光灯の光が届かない部屋の隅には暗い影が差し、埃が付いた卓上ランプに照らされる机上は、眩いほどに白い光に包まれている。瞬きすることを忘れてしまったかのように、まるで蝋人形のように動かない青年は、薄い唇を僅かに開けて、まるで故障した潜水艦の中で助けを待つ要救助者のように、静かに呼吸運動を繰り返している。

「君は、何でここにいるか分かるかい？」

「……人を、殺したから……」

「そうだね。死者一名、負傷者一二名。君がナイフで滅多刺しにした男性は……救急搬送されて間も無く、亡くなったそうだ。その他にも、君が傷付けた人達は今も病院で治療を受け、生死の境を彷徨っている。君は人を殺し、また、多くの人に、殺すほどの傷を負わせたんだ。

君の手で。このことの意味が、理解できるか？」

「……はい」青年はただ、刑事に聞かれたことに答えるという作業を殆ど無意識的に行っているだけで、彼の臓器や血液や細胞や細胞液などを除いた、彼を構成するあらゆる感情がどこか遠くへ抜け出しているような空虚な状態で、ただパイプ椅子に座っている。

「なぜ、あんなことをした？」

「……あの人に……勇気をもらったから……」

「……あの人？　誰のことだ？」

「あの人は、僕を……助けてくれたんです。それで、あいつを……あいつを……殺してくれたんだ。僕の代わりに……」

「あいつって、成瀬和純のことか？」予め予想していたように、刑事は聞いた。

「成瀬和純が、日常的に君を痛め付けていたことは分かっている。真面目で温厚な君が、今回の事件を起こしたと分かった時、もしかしたら君と、君の言うあの人は繋がっているんじゃないかと思ったんだ」

「あの人は、あいつを……殺してくれたんだ。僕じゃなくて。あいつを……。あの人は、ぼ……僕を、選んでくれたんだ」

「君じゃなくて彼を殺した？　どういうことだ？」

「あいつは、いつも、僕を殴ったり、蹴ったり、ひどい言葉を掛けて、お金も……取られて。もう、辛かったんです。辛くて、辛くて……死にたかった。疲れて、もう死んでしまいたいと思っていたんです……あの日、あいつが……倒れ込んだ僕に、ナイフを渡してきたんです。これで、死ねって。お前なんか、生きてる価値も、殺される価値もないから、自分で死ねって。それで、僕は死のうと思ったんです。これで、楽になれる。そう思ったら、すっと何かが溶けるような感覚があって、心地良くて。もういいや。これでいいんだって、思ったんです。そうしたら、あの人が、僕の前に来て……ナイフを渡せって、僕に言ったんです。それで、それで……君は生きろって、言って……くれたんです……」

青年は、溢れる涙を垂れ流したまま、鼻汁を啜りながら嗚咽を漏らしている。

「……じゃあ、その人はナイフを持ち去ったんだね？」

「……はい」

「君と成瀬和純が話した場所はどこだ？」

「……渋谷駅近くの、フランス料理の店の裏だったと思います」刑事は、パソコンを打ち込む若手の刑事に目配せした。

「君の言うあの人は、男か？」

「……」

「顔と特徴は？」

「…………覚えていません」長い沈黙の後に、青年はゆっくりと答えた。

「どんなことでも良い。何でも良い。特徴を教えるんだ。身長。体格。目の大きさ。唇の形。服装。何でも良いんだよ。そいつを、捕まえなくてはいけない。そうしないと、また新たな人を殺すかもしれない。お前の証言で、捕まえられるんだ！」

「覚えていません」

「おいっ！　嘘を吐くな！」

「……覚えていません」

「お前っ、人を殺しておいて、そんなことが言えるのか！」

「……あの人のことは、話したくない。何も。僕はあの人を、守りたい。僕を、守ってくれたから」

「お前、守るの意味を履き違えてないか？　お前は、何を守ってるんだ？」

「……」

「……もういい……分かった。お前は、明後日には送検される。時間はまだあるから、まぁ、ゆっくりやろう。それで……なぜお前は、あんな事件を起こした。動機はなんだ？　お前の話だと、お前の言うあの人は、お前を助けるために殺人を行ったんだろう？　しかし、お前はどうだ？　お前は、何の罪もない人々を殺めたんだ。お前が、あの人に感化されて事件を起こしたんだとしたら、矛盾していないか？　彼は、何のためにお前を助けた？　お前は、彼に救われた命で、一体何をした？」

「僕は、解放されたかったんです。僕自身の呪縛から。僕を縛り付けている何かから。足枷のような。僕は……自由になりたかった」

「足枷？　呪縛？　自由？　さっきから何を言ってる？」

「もう、何も怖くない。それを、証明したかった。もう誰も、僕を止めることなんてできない」

「まるで宗教染みてるぞ」

「宗教？　そうかもしれないですね。僕にとって、あの人は教祖なのかもしれない。あの人は……僕に何かを語るわけではなかったけど。あの時、あの瞬間、僕はあの人から何かを、授けられたのかもしれない」

「直接何かを言われたわけではなく、全くの思い込みってことか……」刑事は溜息を吐きながら、パイプ椅子の背凭れに体重を掛けた。

「お前の動機は何だ。なぜ、罪のない人を狙った？　狙うなら、お前に苦痛を与えた奴らを狙えば良かっただろ」

「何を言っているんですか？　言ったでしょ。僕はあの瞬間、僕自身を取り巻いていた呪縛から解放されたと。今更、あいつらに復讐することなんて、何の価値もない」

「宗教染みた話は苦手だ。はっきり言えよ。人を殺すことに興味があったのか？　それとも、誰かを殺したい衝動に駆られたのか？」

「興味？　そんなものは特にありませんでしたよ。ただ、気付いたら車を走らせていて、気付いたらナイフを手にしていた。赤信号の交差点を走る子どもがいたから思い切りアクセルを踏んだら、ぶつかる直前に誰かが飛び込んで来て。凄い衝撃と音がして頭が揺れて、視界が歪んで……反射的にブレーキを踏んで車から降りたら、頭から血を流した男が倒れてて、僕はなぜだかよく分からないけどその男に近付いて、その首筋に、手を伸ばしたんです。体重を掛けると、どこまでも深く、沈んでいって。男の呻き声が聞こえて、そうしたら、後ろの方から誰かが叫びながら走ってきたから、反射的に振り返ったんです。そしたら、持っていたナイフが、その人のお腹にすっと入っていったんです。おじさんは目をいっぱいに見開いて、引き笑いみたいな呻き声を出して、ずるずるって僕の足元に崩れ落ちて。そしたら、金切り声みたいな叫び声が聞こえて、女の子が目に入って……そこからは、あまり記憶がないんです。衝動的、というか、本能的、というか。とにかく僕の意識とはかけ離れた力が働いて、僕を動かしたっていうか。覚えているのは……赤い、凄く赤い血が、舞っていて。

血飛沫っていうんですか？　それが凄く綺麗で。僕はもう、夢中になって……はは、はは……」そう言うと、青年は俯きながら静かに笑った。

「こいつ、狂ってやがる」目を見開きながら笑う青年を見て、刑事は言った。常軌を逸していると、刑事は思った。しかし、そもそも刑事の思う常識が青年に当てはまるはずがなくて、それは『常識』という言葉で括った、単なる刑事の価値観でしかなくて、青年は真っ当に己の信念とやらを語っているに過ぎなくて、ただそれがあまりにも世間の持つ『価値観』から外れているだけに過ぎなくて。不意に思うのは、常識とは何なのか？　ということ。常識とは何で、価値観とは何なのか？　何が悪で、何が罪になるのか？　生命を殺めることは、そもそも罰に値するのか？　するに決まっている。なぜ？　なぜってそれは……全世界において、殺人は罪だと決められているから。だからなぜ？　だからそれは……法律で、尊い命を殺めることは罪だと定められているから。では牛は？　豚は？　鶏は？　魚は？　植物は？　みんな等しく尊い命であるはずなのに、我々人間はその生命を食物として奪取しているではないか。それは……食物連鎖の頂点が、人間だからであって、仕方のないことで……生き物が生きるためには、いつだって犠牲は付き物だろ？　ではもし、ある人間を殺すことが、その人に残された、この世界で生きるためのたった一つの方法だったとしたら、それは仕方のないことなのか？　それは違うだろ？　なぜ？　それは……だってそれは、生理的な問題ではないだろう？　人間が殺人を犯す理由は、どれも精神論だ。至って明快な正当防衛以外はな。他人に対する怨恨、衝動、純粋な殺人への興味、窮地から逃れるための突発的な打開策。殺人の動機など、客観的に見ればどれもくだらないものだ。本人には、確固とした正義が存在していたとしても。本当にそうか？　どういう意味だ？　動物は、時に友を襲う。縄張り争い、交尾相手の争奪戦、仲間の生殖の妨害、言ってしまえばこれらも精神論で説明できるはずで、殺傷の動機は人間よりも本能的で、罪から逃れようと奔走する厭らしさがないことを思えば、遥かに清々しいだけじゃないのか？　脳の機能が著しく発達した人間が、より複雑な感情で殺人を犯すのは、特段おかしな話じゃない。科学者でない限り、両者の明確な境界線は分からないし、そもそもそんなものが存在することも定かではないが。人間の世界では、殺人を犯した者には裁きが加えられることは言うまでもないことだ。命は尊い。そんな極めて陳腐で、だが原点ともいうべき理由で、先任達は人が、人を殺すことを罪とした。他人の行為に客観的な判断で裁きを下すなど、それこそ動物の持てる本能を取っ払い、皮肉を込めて人間らしいともいえる、他者理解とお節介の為せる業であり、動物的な視点から見ればどうしようもなく愚の骨頂であり、もはや動物の域を超えて永久ともいえる変化を追い求める人間的な視点で見れば、素晴らしい決定事項なのかもしれない。この世界は、食物連鎖が全てだ。その頂点に君臨し続ける人間は、何の躊躇いもなく他の動物を殺し、生きる。同じ生命なのに。そこに矛盾を感じつつも、至極常識的なことだと理解することはできるが、やはり矛盾していると違和感を拭い去れない者もいるだろう。今、冷たいパイプ椅子に座る青年は、その矛盾を無意識的且つ強引に取っ払い、生命の価値を判断できないまでに麻痺してしまっているのかもしれない。そして、人間の世界で生きる宿命としてここにいて、人間が作り出した常識によって、裁きを受けることになる。もし、この世界の常識を作り出した者が、今における『常識を逸脱した考えを持つ者』だったとしたら、この世界の常識は反転していただろうか？　いや、そうではないだろう。きっと、淡々と過ぎ行く時間の流れの中で様々な人間が争い、奪い合い、多くのものを淘汰した末にこの世界ができたのだとすれば、先任達の知恵と生命が吹き込まれ現在に生きる『常識』は、尊いものなのかもしれない。

　青年が殺人を犯した理由は、そもそも、そこに明確な理由などないのかもしれない。青年は彼の言う「あの人」に手を差し出された時に、ナイフを渡した時に、何らかの刺激を受けて。新しいスタートラインに立ったつもりで、まるで新学期のクラス替えのような、まるで大学デビューに胸躍らせるような気持ちで、その心が何かに働き掛けようと疼いたのかもしれない。それは、想い焦がれていた女子に恋心を伝えようとするものかもしれないし、冴えない眼鏡男子が勇気を振り絞りコンタクトレンズに変えようとするものかもしれないし、興味や恨みがあるわけではなく、突発的に湧き上がった衝動に駆られるままに犯したものだったのかもしれない。

Ⅷ

「風、気持ち良いな」右肘を窓枠に掛け、窓外に向けて白い煙を吐き出してから、父親はちらりと視線を僕に向けた。その指先で燻らせている煙草から流れる煙は、風に煽られて後方に流れているように見えるが、実際にはその場に留まっており、僕達が進んでいるだけであることを忘れてしまうような不思議な感覚を覚える。煙草の臭気が染み込んだ座席と、サイドブレーキ横の小さなポケットから溢れる吸殻をみると、父親はかなりの愛煙家であることが分かる。副流煙が車内へ流れ込んで来ないのは、僕への配慮なのだろうが、右利きの父親は、左手で器用にハンドルを操作している。半分ほど開けた車窓から流れ込む冷気が、暖房により火照った身体をすり抜けながら、僕の身体から適度に熱を奪っていく。

「痛みは、大丈夫か?」

「うん。もう退院してから一週間は経つし。時々痛い時もあるけど、薬でコントロールできてるから」

「……そうか。痛くなったら、言えよ」

「うん」青年にナイフを突き立てられたあの日から三カ月が経ち、病院で治療を受けていた僕は、昨日退院した。青年に抉られた傷は、幸い致命的なものではなく、僕は一命を取り留めた。そして今日、突然ドライブに誘われた僕は、父親の愛車に乗せられて、高速道路を進んでいる。

四方を取り囲む煤けた灰色のコンクリートを眺めていると、あまりにも単調で変動性がない景色に嫌気が差してきた。まるで永遠に続いているのではないかと思うほどにどこまでも伸びる灰色は、頭上を覆う青空に昇る太陽と並走する自動車以外の視界を遮断して、まるで外界と切り離されたような気持ちになる。肌に触れる冷気がぴりぴりと頬を掠め、少し眠気を感じた僕は、うんざりするような灰色から逃れるように瞼を閉じた。

「着いたぞ」すっかり眠り込んでいた僕は、隣に座る父親の声で目が覚めた。いつの間にか無機質で威圧感のあるコンクリートは姿を消し、青々と茂る木々が僕達を取り囲んでいた。エンジンを止めた父親は、車を降りるなり煙草に火を点けている。口に咥えた煙草から伸びる煙がすぐに消える様を見ると、若干風が吹いているようだ。僕は膝に掛けられていたマウンテンパーカーを手に取り、助手席の扉を開けた。外に出ると、風に押された冷気が顔に当たり、反射的に目を細めた。肌に染みるような冷気は、少しだけ太陽の日差しを含んでいるようで、冬が過ぎたことを実感した。いつの間にか季節は流れ、暖冬の終わりに咲いた桜は、既に散ってしまっていた。父親が吐き出す煙を眺めていると、唐突に煙草が吸いたくなり、僕は父親に向かって手を差し出した。

「……ん？　何だ？」

「煙草」

「遙、煙草なんか吸ってたの？」

「……」

「まぁいいけど。あまり深く入り込むなよ。ニコチンの闇は迷宮だからな。引き返せるところで引き返しとけよ」そう言って、父親はポケットから箱を取り出し、その中の一本を僕に差し出した。受け取った煙草を口に咥えると、父親は僕の口元にオイルライターを近付けた。ゆっくり息を吸うと、じりじりと焼ける先端部分に火が灯り、フィルターを擦り抜けた一酸化炭素が口腔内に流れ込む。更に鼻腔から侵入した外気により奥へ押し込まれたそれは、喉頭蓋の誘導により気道を抜けて肺へ流れる。そして、そのまま肺胞に取り込まれ、周囲の酸素を押し退けて赤血球中のヘモグロビンと結合し、僕の全身を巡る。がくんと身体が重くなり、頭がぼうっとするような感覚を覚える。鉛の首輪を嵌められたような鈍い感覚。まるで寝起きの一服のようだと思った。身体の酸素濃度が薄まり、酸欠のような感覚を味わう。酸素を求めて深く息を吸うと、大量の冷気が僕の身体に流れ込み、心地良いと思った。

「わー！　凄いね！」少し離れたところにいた家族連れから歓声が上がり、鈍化した僕の脳内を刺激した。前方に視線を向けると、広範囲にわたり張り巡らされた、太い丸太の柵が見えた。先程の家族は丸太から身を乗り出すようにして、その奥に広がる光景を興奮気味に眺めている。何だろう？　そう思っていると、父親が僕に向かって携帯灰皿を差し出してきた。

「付いて来い」僕は言われるがままに吸殻を入れ、丸太の方へ進む父親を追って歩き出した。つるつるとした丸太を見て、まるでワックスを塗った教室の床のようだと思っていると、その奥に広がる景色が徐々に開けてきた。その時、突発的に吹いた風が僕の前髪を揺らした。反射的に閉じた瞼を少しずつ開けると、目の前に広がっていたのは、一面の黄色だった。それはまるで、水平線の彼方まで広がる海を眺めているかのようで、どこまでも伸びる鮮やかな黄色い光景を前に、僕は思わず息を飲んだ。その圧倒的な規模に、まるで高波に一瞬で飲み込まれたような感覚を覚えて身体が震えた。激しく収縮する心臓が胃袋を叩いているように感じるほどに、僕は感動し、興奮していた。

「え？　これ、ひまわり……？」自然に、感嘆の声が漏れていた。いつの間にか、それまで僕の感情を埋め尽くしていた全ての要素が消え失せ、決壊した堤防を越えて押し寄せる高波のように、空前絶後の感動が僕を支配した。眼前に広がる一面の黄色い光景を見て、僕はただ、呼吸をすることしかできなかった。丸太の先に見下ろしたのは、見渡す限りに広がる、向日葵だった。微風に吹かれる花弁は、まるで毛先の長い絨毯のようにふわふわと揺れ、燦々と照り付ける太陽の光を受けて輝くそれは、まるで太陽そのもののように見えた。

「ほいよ」不意に肩を叩かれて、顔の横に缶コーヒーが差し出された。

「ブラックでいいんだろ？」

「あ、うん。ありがと」

「ん」プルタブを開けてカフェオレを一口飲んだ父親は、再び煙草に火を点けた。微かに漂ってくる煙草の匂いは、いつからか心地良く感じるようになっていた。ゆっくりと煙草を燻らせる姿を無意識に眺めていると、その視線に気付いた父親が、困ったように笑いながら僕に向けて手を伸ばした。無言で差し出された煙草に火を点けると、脳が求めていた感覚が一瞬で舞い戻ってきた。身体が重く、鈍く、気怠さを感じるようになり、しかし穏やかに押し寄せる安心感に包まれる。心地良い感覚を味わいながら、缶コーヒーのプルタブを開けてブラックコーヒーを流し込んだ。安っぽい苦味と身体に悪そうな雑味が、なぜだかとても美味しく感じるのは、主流煙を含んだ喉に感じる刺激に快感を覚えているのか、それとも味覚を感じる脳がニコチンの襲来を受けて麻痺しているからだろうか。吐き出された紫煙が、美しい景色を汚す。僕は既に、煙草に含まれる有害物質の虜になっているのかもしれない。目を瞑り、鼻腔から取り入れた酸素とその他の粒子で肺を膨らませる。そして肺胞に届いた二酸化炭素と共に、深く、息を吐き出した。

「綺麗だろ？」

「うん。凄い。でも、ひまわりって夏に咲くんでしょ？」

「栽培時期をずらして、春に咲かせてるんだ」

「何のために？　花って、開花時期を待つのが醍醐味でもあるんじゃないの？」

「お前が花を語るなよ。春だからこそ、見たい人はいるんだよ」一面に広がる向日葵畑を見下ろしながら、父親は微笑んだ。その表情が、どこか寂しげに見えた。

「……父さんの、奥さんが好きだった場所なんだ……」唐突に、父親が言った。聞こえるか聞こえないかくらいのか細い声で、静かに息を吐きながら呟かれた言葉に、僕は動揺した。これまで、父親が家族についての話をすることはなかったから。元々家庭を持っていたことは知っていたが、父親から話すことはなく、僕から聞くこともなかった。僕はじっと父親の目を見つめた。これまで聞くことのなかった真実を聞くことに、興味半分、恐怖半分であるように感じた。僕を家族として迎え入れ、これまで一緒に過ごしてきた中で愛情深いと思う父親の家族が、今どうしているのか、なぜ離れてしまったのか、その実際を聞くことが少しだけ怖かった。

「……日向っていうんだ。彼女は、このひまわり畑が好きだったんだ。初めてデートで来た時に、凄く感動して。それからは、よくここに来た。喧嘩した時も、ここに来ると仲直りできた。プロポーズも、ここでした。息子が生まれてからは、三人で」そう言うと、父親は照れたようにはにかんだ。父親のそういう表情を見るのは初めてで、僕は新鮮な気持ちになった。

「父さんの……」

「うん。素直で、明るくて、よく笑う子だった。俺らにとっては、太陽みたいな存在だった」

「太陽……」

「……お前は、俺の息子になって幸せだったか……?」不意に、父親は遠くの方を眺めながら呟いた。

「……俺は、お前を幸せにしたかった。お前は、父さんの息子だから。この世界には、血の繋がりを超越する愛が存在する。俺はお前に、この世界に希望を持ってほしかった。過去にお前にどんなことがあったか、俺は深くは知らない。だがな、幼い時に家族と別れ施設で暮らしていたお前は、まるで光のない世界にいるような、そもそも光というものを知らないような瞳をしていた。全ての子供に罪はない。運命に翻弄されながら生きるのは、辛かっただろう? だからお前には、忘れてしまった色をその瞳に映して、お前の世界を見てほしかった。折角、この世界に生まれたんだから……」そう言って、父親は深く煙を吐き出した。その横顔が、なぜだかたまらなく悲しそうに見えた。

「父さんの息子は、二歳の時に死んだんだ。交通事故だった。その時に日向も……。トラックに撥ねられて、道路に弾き飛ばされた。直ぐに救急搬送されたが、日向はもう、だめだった。でも、衝突する寸前、日向があの子を庇ったんだろうな。まだ息のあった息子は集中治療室に運ばれて、何とか持ち堪えた。身体だけはな……」

「え……」懐かしむように、ぽつりぽつりと呟かれた言葉は、微かに震えていた。

「それから、目覚めることはなかった。もう、意識を取り戻すことは難しいと、そう言われたよ。当然、俺は諦めなかった。ずっと、ずっと待った。でも、いくら待っても、その瞳に色が映ることはなかった」気が付くと、父親は静かに泣いていた。

「深昏睡、瞳孔の散大及び固定、脳幹反射の消失、平坦脳波、自発呼吸の消失。この言葉が、今でも頭から離れない。脳死の、判定基準だ。もう望みはないと、ある時言われたんだ。だけどな、あの子は死んでない。今も、どこかで生きてるんだ。あの子は、ウルトラマンのおもちゃが好きだったんだ。俺の持っていたフィギュアで、よく遊んでた。息子は、誰かのヒーローになったんだ。小さな身体で、何人もの人の命を繋いだ。俺は、あの子のことを誇りに思う。あの子は今も、誰かの身体の中で、確かに生き続けてるんだ」父親の瞳からは、大粒の涙が溢れていた。涙は頬を伝い、地面に流れた。

「家族と離れなければならなかった。その悲しみは違えど、あの頃の俺とお前は、確かに同じ瞳をしていた。悲しみに打ちひしがれ、どうしようもなく絶望し、この世界に生きることが、ただひたすらに苦しかった。毎日毎日苦しくて、苦しくて。しばらく、上手く呼吸することができなかった。遥……あの子の名前だ」その言葉に、僕ははっとして父親の顔を見た。

「あの子とお前は、同じ名前なんだ。あの時、俺がお前に惹かれたのは、そういう理由もあったのかもしれないな……」父親はそう言って、寂しそうに、しかし温かみのある表情で微笑んだ。

「お前には、幸せになってもらいたかった。俺がそうしてやるつもりだった。だけど……俺は父親としてどころか、人として、お前にしっかりと背中を見せてやることができなかった」

「そんなこと……」

「俺は、お前に蔑んでもらいたい。罵倒されたって、思い切り嫌われたって良い。俺に感謝なんかしなくても良い。お前の今後の人生から、俺を消してほしいと思ってる。俺のことを、忘れてくれて良い。だけどな、俺はお前に言っておきたいことがある。最後に、これだけは聞いてほしい」僕は、父親が何を言っているのか分からなかった。忘れてほしい？　最後に？　父親は、何を言っているのだろう？

「お前はこれから、お前の人生を歩むんだ。他の誰でもない、お前だけの人生だ。これからお前はいろんな人と出会い、社会に出てからもいろんな事に揉まれ、苦しむこともあるだろう。落ちるところまで落ちても良い。しかしそこから立ち直ることを怠けてはいけない。立ち止まっても良い。後ろを振り返っても良い。時に転び、後退しても良い。自然の流れに身を任せるのも、どれだけ時間が掛かっても良い。苦しみの中で学び、自分なりのやり方を見つければ良いんだ。遙、俺はお前を愛してる。心から。これだけは、覚えておいてくれ」

気付いたら、僕は涙を流していた。久しく流すことのなかった涙を。その理由も分からずに、僕は泣いていた。父親は、なぜ急にそんなことを言うのだろう？　そう思った。しかしその疑問について深く考えることはなく、僕は溢れてくる涙を拭った。どれだけ拭いても止めどなく流れ続ける涙で歪んだ視界に、同じように涙を流す父親が見える。胸がじんわりと温かい。唐突に溢れ出てくる涙に、感情が追い付かない。僕は何が何だか分からず、丸太の柵にしがみ付くようにしてその場にしゃがみ込んだ。丸太に鼻が触れた時、教室の床に掛けられたワックスのような匂いがした。ややつんとするような匂いだが、懐かしいと思った。目尻に溜まる涙と頬に滴る涙が、外気に触れて冷たく感じる。それはやがて、微量なナトリウムを残して蒸発するか、肌に浸透して瘡蓋のような違和感を残すだろう。これほどまでに、感情の正体が分からないままに涙を流すのは初めてで、僕は静かに動揺していた。

父親が逮捕されたというニュースを見たのは、翌日のことだった。自首をしたらしい。新宿大学生殺人事件。その事件の犯人だったという。

それはあの日、僕が偶然にも目にした、そして僕を深く感動させた事件であり、あの時に見た男が、父親であったことを知った。

動いている、流れている、強く、強く
その拍動を、感じることができる
少し赤み掛かった肌、温度を感じる肌
その下に彼の血液が流れていることを、確かに、感じさせてくれる
胸部にそっと触れてみる
ドクドクと、薄い皮膚を通して感じる拍動
確かに、動いている、とても、力強く
彼の心臓が、彼を生かそうと懸命に動いている
これは、彼自身の力だ
他の誰でもない、彼の生命力が生み出した力だ

目の前に横たわっているのは、まだ小さくて幼い彼
小さな口一杯に含んでいるのは、半透明な蛇腹のチューブ
嫌がっているわけでも、動いているわけでもないのに
頬に貼られたテープでしっかりと固定されている
身体から繋がる複数のチューブ

その中には赤黒い液体が終始流れていて、彼の全身を巡っている
細い手首には、プラスチックの針が侵入していて
頭上には数種類の点滴袋がぶら下がっており
それらの速度を調節する機械が、オレンジ色の光を点滅させている
すぐ側にある大きな機械には、複雑な線が左から右へと流れていて
各々の色を、各々の形で
時を刻む時計のように、規則正しく記録している

彼はいつ、その愛くるしい瞳を開けてくれるだろうか？
彼はいつ、そのくしゃっとした笑顔を見せてくれるだろうか？
彼はいつ、少し滑舌の悪い声を聞かせてくれるだろうか？
すやすやと寝息を立てている幼い彼
今すぐにでも起きそうなのに
僕がどんなに声を掛け、その肩に触れても、深い眠りに落ちたまま
いつもなら、その寝顔をいつまでも眺めていたいのに
今はすぐにでも起きてほしいと、ただ願う

願うことしかできないもどかしさが、己の非力さを実感させる

素直で、明るくて、よく笑う子だった
純粋無垢で、この世の汚れなど何も知らないような
その天使のような寝顔を、何度見つめたことだろう
毎日がすれ違いの日々で、しばらく、寝顔しか見ることができなかった
死にそうになりながら家に帰ると
いつも、吸い寄せられるように寝室を覗いていた
無防備な姿を見せる彼を見て
僕はいつも、何とも言えない幸福感を覚えた
彼の存在が、僕に安らぎと癒しを与えてくれた

ガラリと音がして、光の差す廊下から白衣を纏った男が現れる
その手には、一枚の紙が挟まっている
それが何であるかを、一瞬で悟る
何度も目にしてきた紙、その内容も、説明されるまでもなかった

小さな手を握りしめながら、僕はその男を見上げる
僕を見下ろす男の表情を、僕は直視できなかった
ただ、恐ろしい悪魔のように見えた
白衣を着た悪魔は、何も言わなかった
ただ毅然とした態度で、しかし、その口元が微かに震えているのを見た
僕が頷くと、男は紙をテーブルの上に置いた
そして一礼をして、去っていった
後に残ったのは、静寂と
薄っぺらい紙切れに記された、重すぎる現実だった

僕は、決断しなくてはならない
残酷で、不条理な、決断を

人間の力ではどうすることもできない現実
まさに、神の領域
無宗教であったことを、今更ながら後悔する

しかし、僕が真正な信者であったとして
果たして現実は変わっただろうか？
僕の信ずる神は、彼に再び生命の息吹を吹き込んでくれただろうか？
いや、きっと現実は変わらなかっただろう
彼が死ぬことは、神が与えた定めなのかもしれない
もしそうだとしたら、これが彼の運命であり
彼の生まれ持った時間は、ここまでだったのかもしれない
運命
超自然的な力に支配されて、人の上に訪れる巡り合わせ
そんなことは分かっている
これは運命、これは宿命、これは必然
決して逃れられない、現実

小さな手、ぷくりと膨らんだ頬、赤み掛かった肌
全てが愛おしい、君は、僕の全てだ
永遠に、僕の中に生き続けるんだ

嗚咽とともに垂れる涙が、彼の枕元を濡らしてしまった
震える手を伸ばして、やっとのことでボールペンを握る
そして、漢字がびっしりと羅列した一番下に引かれた線上に
ペンを滑らせた

IX

眠らない街、新宿。金曜日の夜、草臥れた表情のサラリーマンや、足早にホストクラブへ向かう若い女性や、楽しそうに騒ぎながら飲み歩く大学生や、制服を着た女子高生の姿で犇めき合う道路を、僕は歩いている。流れるように映る、派手な電子看板やネオンや街灯が、まるでピントの合っていない風景のようにぼやけ、様々な色が重なって見える。ポケットに入っていた煙草を、殆ど無意識的に咥えオイルライターを近付ける。あの時、父親から渡されたまま返していなかった。閃光が散り、オレンジ色の灯火を放つ先端部分から、灰色の煙が立つ。まるでカシューナッツのような芳しい香りが漂い、安らぎを感じる。僕は夜空に浮かぶ星を見上げた。霞んだ星は、この街から放たれる強烈な光にその存在を掻き消されそうになりながらも、輝きを放ち続けている。僕は不鮮明にぼやける星空に向かって煙を吐き出し、瞼を閉じた。

あの時の、青年のことを思い出す。

飛び散る火花が、まるで花火文字のように残像を残しながら消え、狂乱ともいえる叫びの中で、舞い散る血飛沫とともに頽れる人々。青年は、周囲に群がる人々にナイフを突き立て、脂肪や筋繊維を抉り、切り裂いた。小気味良く皮膚に切り込む音の中に、時折骨が砕ける音が混ざっていた。血飛沫が舞い、アスファルトに染みを付ける。生々しく色付けされた交差点に立つ青年は、荒い呼吸を整えるように肩を揺らし、息を吐き出している。呆然と佇む青年を、殆ど放心状態のまま眺めていた。

僕が殺人を犯したのは、ただ、生きる意味を見つけたかったからなのだろうか。それまで当たり前のように刻んでいた時間が、ある時をもって唐突に止まる。明るくも暗くも、目の前に開かれていた人生が、他人の手によって握り潰される。生が絶たれる瞬間。死を迎える瞬間。その矛盾を、彼らが実感する瞬間。その表情。その瞳に映し出される感情。苦痛、怒り、焦燥、恐怖、戸惑い、悲しみ、疑問。力尽きる瞬間まで、彼らは僕を見続けた。自らの命が終わろうとする時、自らが残した時間で成し遂げようとしたことに思いを馳せると同時に、少しでも僕の脳裏にその悲劇を焼き付けようとして、彼らは消え掛かっている命の限りを尽くした。あの瞳が、今でも強く、鮮明に記憶の片隅にこびり付いている。それは、束子で擦っても時間が経てば再び現れる水黴のように、僕の中に留まり続ける。生と死を、初めて同時に目の前で見た瞬間。あの、何とも言えない快感。動揺と興奮。彼の、生命の灯火が消えた瞬間。あの時も、時間は淡々と流れ続けた。まるで何事もなかったかのように、この世界は何の変哲もなく回り続ける。一つの生命がなくなったことなど、世界的な規模で見ればば普通なことで、嫌気が差すほどに平凡なことなのかもしれない。彼らが吸えなかった空気を吸い、浴びることのできなかった日差しを浴び、見ることのできなかった明日を見て、生きることのできなかった今を生きる。これまで、同じように繰り返されていた日々。そしてこれからも、あの瞬間を超えて来るはずだった日常を、僕が断ち切ってしまった。その現実を、重く、深く、まるで目覚めの一服を吸った時のように実感し、頭がぐらついた。人が死ぬという瞬間が、これほどまでに小さく、残酷なまでに他人事で、その人のことを知らない者にとっては、ひどくつまらないことであることを知った。

食物連鎖の頂点に君臨する人間は、この世界に生きる殆どの動植物の犠牲の上に生きている。そして我々は、そのことは至極常識的なことであると、深く言及しない。しかしたとえ端に生える雑草でも、海に生きる魚でも、食用の家畜として生まれた豚や、牛や、鶏でも、生命価値は限りなく等しいものだと思う。他の生命を奪取して生きる。それは、人間にも同じことが言えるのだと思う。なぜ、人は人を殺すのか？　それは、他人には到底分かり得ない複雑な心理なのだと思う。しかし、殺してどうするのか？　その人が世界から消えることで得る利点は？　それは、その生命価値を上回るほどのものなのだろうか？　その人が未来に見た希望も、絶望も、現時点で未来に向けて働き掛けていた努力も、その存在が周囲に与える影響も、今後世界に与えるであろう影響も、未来に繋がるはずだった生が断たれた瞬間から、それらを全て抱えるだけの理由は、果たしてあるのだろうか？

僕があの時、あの人の生命の搾取にひどく感銘を受けたのは確かだ。あの瞬間に感じた高揚感、優越感、今までに感じたことのなかった感情に衝撃を受けたのも確かだ。そして、それを再び感じたいがための殺人。あの快感を得られるのなら、誰でも良かった。ただ生と死の狭間で、確かに死に行く者の慟哭を見たいだけだった。僕の理由は全て、主観的な理由なのだと、今思う。つまり全くもって自分本意で、理不尽で、身勝手で、傲慢極まりないもの。彼らの生命を奪取しようとした時に感じた胸の高まりを、鮮明に覚えている。酷く濁った感情の中で、それは悲痛なほどに鮮やかで、狂おしいほどに揺らぐことのない事実で、既に自分ではどうすることもできない現実で、決して抗えない時間の中で確かに過ぎ去った過去なのだと感じた。ぽとりと、オレンジ色の残像とともに、手に持っていた煙草が地面に落ちた。手が、震えていた。寒いわけでも、低血糖なわけでもないのに。何かを掴むように開いた掌は、かたかたと振動し続けている。その手に涙が零れ落ちる。それは止まることなく、まるで涙腺が崩壊してしまったかのように流れ続ける。僕は、泣いているのだ。何に対して泣いているのだろう。僕が奪取した生命に対して？　それとも、全くつまらない理由で価値ある生命を奪取した自分に対する哀れみ？　もし前者であるとしたら、僕には既に、彼らに涙を流す理由すらないのだと思う。僕がいくら懇願し枯れるまでに涙を流したところで、過ぎ去った過去が戻ることも、彼女がその息を吹き返すこともないのだから。

誰に向かってでもなく、気付いたら狂うように叫んでいた。硬いコンクリートに膝を打ち付け、嗚咽を漏らし、鼻汁を垂れ流し、顔面を歪ませ、止めどなく溢れる涙をどうすることもできずに、ただ泣き続けた。側から見たら、酷く異様な光景だろう。しかしそんなことを気にする余裕もなく、僕は溢れ出る感情のままに、咽び泣くしかなかった。周囲の歩幅が僕の側で止まり、また歩き出す。ざわざわとした囁き声が聞こえる。道路に零れ落ちた水滴に映るネオンが、透明の液体を鮮やかに彩る。僕は脳裏に焼き付いた叫びを、朱殷を、鼓動を、瞳を、静寂を、津波のように押し寄せる虚無感を、もはや心の許容範囲を超えた感情に身を任せる他なく、多くの人々が行き交う道端で身体を小刻みに震わせながら、蹲っていた。

今でも時々思い出す。白衣を着た大柄の医師を。その瞳を。何も言わず、ただ悲痛な面持ちで、彼は僕を見つめた。そして、僕の前から立ち去った。暗い表情とは対照的に精気の漲る大柄な背中が、静けさを纏う部屋をより一層冷たく感じさせた。

部屋の中から出てきた女性が、僕を中に招き入れる。僕は力の抜けた足を引き摺りながら扉に近付く。あの時の感情を、ずっと忘れられない。色褪せることなく、鮮明に覚えている。白い部屋。その中央に、横たわる人。白い布に包まれ、僅か一畳ほどのストレッチャーに乗せられているのは、誰だろうか？　それが誰かを、知っている。しかし疑問に思ってしまう。そうすることで少しでも現実から目を背け、逃げてしまいたいと思う。腰が引けて、動けなくなる。そこから一歩も、足を踏み出せなくなる。全身に寒気が走る。ひんやりと静まり返る部屋の中で、僕の呼吸音だけが響いている。これは、冗談だろう？　これは、夢だろう？　悪い夢、悪夢なのだろう？　これは、現実？　嘘だろう？　誰か、嘘だと言ってくれ。どうして、そんなところに寝転がっているんだよ。どうして、動かないんだよ。お願いだから、目を覚ましてくれよ。

神様、どうしてですか？　どうして、彼女なのですか？　彼女が、一体何をしたというのですか？　もう、僕にはどうすることもできないのですか？　どうしても、どうしても彼女を連れて行くというのなら、僕はもう、あなたのことを信じません。あなたのことを、一生恨んで生きていきます。

　震える手で、白い布をめくる。冷えた頬に伝う雫が、乾燥して小さな結晶となり僕の手に触れる。それは、彼女が流した涙。覚悟の涙。怖かっただろうに。胸が、張り裂けそうだった。睫毛に絡まる涙が、きらきらと輝いている。ぽってりした唇に触れる。ほんのりと膨らむ頬に触れる。いつもなら、顔を赤らめて俯くのに。そうしないから、その頬にいつまでも触れていられるのが、堪らなく切なかった。胸が苦しくなり、きゅっと目を瞑った。華奢な身体に刻まれたいくつもの擦過傷が痛ましい。傷付いた手に触れる。その瞳を隠す瞼を見る。握り締めた手に、そっとキスをした。唇に触れた肌は冷たく、既に血液が通っていないことを実感した。胸が詰まる。呼吸が苦しい。今まで、辛うじて力を保持していた膝が遂に力尽き、その場に崩れ落ちる。嗚咽を漏らして、僕は泣いた。とめどなく、涙が溢れてくる。声を荒らげて、叫び、悶え、僕は泣いた。そうすることしか、できなかった。彼女を想い、この声が枯れるまで、僕は泣き続けるだろう。

X

気付いたら真っ白い空間にいて、そこに綺麗に並べられた長椅子に腰掛けていた。無論、自分の意思で出向いたのだけど、なぜこんなところにいるのか、自分でもよく分かっていない。数日前から、僕は何者かが、僕の中に潜んでいるのではないかと疑っていた。まるで僕が僕ではない、なんだかふわふわしたような不気味な感覚があり、自分が何なのか、生きているのか、死んでいるのか、それさえも判断できないような気持ち悪さを感じていた。僕ではない誰かは、僕が寝ている隙に僕の肉体を奪い、僕の意識が朦朧としている間に何か悪さをしているのではないかと思っていた。悪魔に取り憑かれたか、それとも極度のストレスから解離性同一性障害を発症したか、どちらにしても僕にはオカルトの趣味はないし、医学的知識もない。それに、僕は僕の意思に基づいて行動しているという自覚もあるし、曖昧だけれどそれに伴う記憶もある。刺激の強い様々な光に照らされた街中を歩いている時、不意に視界の端に捉えた「こころのクリニック」という文字に何となく反応して、何かに引っ張られるように自動ドアを潜ったことは、しっかりと覚えている。ただ、こうやって何もせずに椅子に座りぼうっとしていると、ふわっとした浮遊感を覚え、まるで僕が僕の身体を抜け出してしまっているような感覚に飲み込まれて不安になる。少し思案した後に、はっとした。僕は、誰かに身体を乗っ取られているのではなく、僕が僕の身体から抜け出そうとしているのではないか。全く根拠のないよく分からない考えなのだが、何だかそれが最もしっくりするような気がして不思議な心地を覚えていると、チャイムのような音が聞こえて、続いて数字番号がアナウンスされた。僕は手に持つ紙切れに印字された数字を確認し、ふらふらと立ち上がった。前方に構える扉に向かう途中、長椅子に不規則に置かれた石のような塊が目に入った。白い空間にごろごろと浮かび上がるそれにぎょっとして振り返ると、石の正体は人間だった。今の今まで、僕は彼らと同じ空間にいながら、その存在にまるで気付いていなかった。彼らを人と認識した瞬間、僕の視界はぱっと開き、暗く澱んでいた雲間に青空が覗き、そこから太陽の光が差したような感覚に飲み込まれた。再び周囲を見渡すと、九畳ほどの空間に並べられた長椅子に、五個の石、もとい五人の人間が座っており、雑誌を読んだり、スマホを弄ったり、焦点の定まらない視線をただ前方に向けていたりしている。僕が彼らに気付いていなかったのは、その存在をはっきりと見ていながらも、認識するほどの情報として捉えなかったからなのだろうか。それはなぜか。今なら分かる。僕は、他人に興味がないのだ。僕はしょせん、僕自身のことにしか興味がなく、他人のことなど心底どうでも良いと思っているのだろう。今まで僕が他人から受けた恩恵など計り知れないのに、僕はいつだって、自分優先に考え、生きてきた。僕の思考が阻害されないように、僕の生活が脅かされないように、僕の快楽が邪魔されないように、僕以外のことなどくだらないと唾を吐き、彼らのことを見ようともしなかった。我欲のままに生きてきた僕は、何て無慈悲で、罪深き存在なのだろう。僕はそろそろ、他者を無下にして生きてきたことの裁きを受けなければならない。そのために、ここにいるのだ。僕がここに来た理由。目的もなく歩いた末に、辿り着いた理由。何らかの力により導かれたのではない。間違いなく僕の意思で、僕の足で、ここまで来たのだと確信を持って思う。この扉を開けた先に待っているのは、天使か、悪魔か。悪魔であってほしいと願う。そして僕に冷酷な言葉を浴びせ、非難し、過度な制裁を与えてほしいと思った。

「僕は物心付いた頃から、人と違う何かを感じていました。僕には、人の気持ちが分からないんです。家族も、友人も、僕自身のことでさえ、分からないのです。だから、人と上手く付き合えなくて。喜怒哀楽という言葉があるでしょう？　僕には、それらの感情が欠如しているんじゃないかと思うんです。それが生まれ持った性質なのか、生きていく中で少しずつ欠落していったのかは分からないけれど……僕は、何をしていても楽しいと思うことがないんです。嬉しいと思うことも、悲しいと思うことも、怒りを覚えることすらないんです。少し感情が動くことはあっても、それだけなんです。だから友人が何で笑ってるのか、先生が何で怒っているのか、その感情自体がよく分からないんです。僕はずっと、生きているのが辛かった。なぜ、僕は生きているんだろう？　こんなに辛いのなら、生まれてこなければ良かったのに。よく言うでしょう？　生きてるだけで、その人には価値があるって。本当に、そうなんでしょうか？　僕にはその言葉が嘘のように思えて仕方がなかった。そんな言葉、美しい言葉で塗り固められた出鱈目なんだって。だって僕は、僕に価値を感じたことなんて一度もないんだから。僕は、何がしたいんだろう？　何を求めているんだろう？　何のために、生まれたんだろう？　何で、生きているんだろう？　永遠に答えなんか出ないような漠然とした疑問を、僕は持ち続けて。でも当然のように、答えなんか見つからなくて………ずっと、苦しかった……。だから、何かを見つけたかった。生きる上での、価値となるものを。生きるために。僕の、生きる意味を。見つけたかった……。

あの時、あの瞬間、僕は感動したんです。それはもう、今までに感じたことのないほどに。あの人は、彼に聞いたんです。生きたいか？　って。すると、今まで恐怖に支配されたみたいに怯えてた青年の表情がぱっと変わって、懇願するように、必死な形相になって。『生きたいです』って、そう言ったんです。何度も、何度も……あの人がいなくなった後、僕は彼の元に駆け寄っていました。その表情が、気になったんです。ただ眠っているようにしか見えないのに、もう死んでいるなんて、信じられなかった。ついさっきまでは息をして、動いていたのに。僕の目の前で、彼は死んだんです……死んでる。本当に死んでるって。僕はその時、どうしようもなく興奮したんです。目の前の死に。それまでは何事もなく続いていた生が、突然断ち切られる瞬間。死に堕ちる瞬間。彼は、死んでしまった。僕は、生きてる。彼は死んだ。僕は生きてる。僕は、生きてるんだ……。どうしようもなく、嬉しかった。この上ない、深い感銘に包まれて、僕はあの時初めて、自分が生きていることを実感したんです。限りなく。それがすごく、すごく嬉しくて。あぁ、僕は生きてる。生きてるんだって。それからは、ただ嬉しくて仕方なかった。生きているだけで、こんなに幸せな気持ちになれるなんて、知らなかった。何をしていても、楽しかった……だけど、数週間が経ったら、僕はまた気分が落ち込んできたんです。あぁ、僕は何のために生きてるんだろうって。でも心の中には、あの時に感じた胸の高まりや、感動や、生きてることが、ひたすら楽しかった日々が残っていて。僕はどうしたらいいんだろうって、思いました。もう一度、あの感覚に包まれたかった。あの刺激を、味わいたかった。僕は、どうしたらいいんだろう。あの感情を取り戻すには、どうしたらいいんだろう。気分が下がって、下がって。何にも手が付けられませんでした。その度にあの瞬間を思い出して、頭の中で反芻するんです。だけど、それだけじゃ物足りなくて。このままじゃ、僕は廃人になってしまう。あの頃に、戻ってしまう。僕は、焦っていたんだと思います。まるで生き地獄のような日常から逃れるために、僕はまた、あの場所に行ってみたんです。行ったところで、あの場所で同じようなことが起こることなんてあり得ないのに。でも、それ以外にどうすればいいのか分からなくて。僕は、苛々していました。もどかしくて、もどかしくて。まるで薬物やニコチン中毒みたいですね。あの時の僕は、どうかしていたんでしょう。人が死ぬ瞬間を見たいなんて。それも、老衰のように自然的なものではなく、強引で残酷で、必死に抗った末の死を、渇望していたなんて。狂ってる。そう思います。でも、そんな理性さえ忘れてしまうほどの、感動だったんです。僕は最早、飢餓状態のようなものだったんだと思います。空腹に狂いそうになりながら、獲物を探し求めて彷徨う獣のように。それを、欲していたんです。どうしようもなく」

ゆっくりと息を吐き出す。目を瞑ると、鮮やかな映像が流れ込んでくる。顔をくしゃくしゃにして泣き叫ぶ彼女の姿。恐怖に慄き、歪んだ表情が徐々に紅潮していく。生きたいと切望する熱い眼差し。僕を真っ直ぐに見つめる、縋るような瞳。彼女は、声を上げることもできないほどの絶望感に支配され、ただ、祈るように僕を見つめる。そんな彼女を、僕はただ見つめていた。彼女の必死の表情が、その感情が、僕の心に精気を漲らせる。そして僕は右手を振り上げる。力強く噴き出す血潮。秒速四十センチメートルの速度で勢い良く流れる血流を切り裂く。引き裂かれた隙間から、解き放たれたように飛び散る朱殷。その速度が、勢いが、彼女の心臓の力動を感じさせる。その激しさが「生」という力強さを、僕に伝える。スローモーションのように、口を開けたままの彼女が崩れ落ちる。そして背後の壁に凭れ、やがて頽れる。ぴくりとも動かない彼女。その「静」とは反対に、どくどくと流れ続ける朱殷。それは、彼女が今さっきまで生きていた証。何と、美しい色だろうか。僕は壮大な感動に包まれ、彼女の瞳を見つめる。今さっきまで、僕を真っ直ぐに捉えていた瞳。目尻に溜まる水滴は、重力に逆らい、その場に留まっている。頬がきらきらと光って見えるのは、流れ落ちた涙の道跡。そっと彼女の頬に触れると、きめ細かい肌にへばり付くそれが、ざらざらと乾燥している。その瞳には先程までの微かな光はなく、怒りと哀れみが混ざったような色を残したまま、濁っていた。僕を見つめているはずなのに、見つめていない。どこか遠くを見つめるような瞳。そこには、僅かに歪む僕が映っているだけ。地面には、どろどろと這うように蠢く朱殷が、生々しい染みを付けながら広がっていく。僕はそれを、自然に綻ぶ顔を自覚しながら、いつまでも眺めていた。

呼吸が、荒くなっていた。今の感情は、爽快だと思った。僕が抱えていた苦痛を、そして興奮を白日の下に晒したことで、確かな清々しさを感じていた。

「僕は、人を殺してしまいました。生きるために。僕の快楽のために。先生、人には生き甲斐ってものが必要でしょう？　学校で、そう言われたんです。人生において、生き甲斐を持つことが楽しく生きていくための術であると。そして生き甲斐を見つけられない人は、死んでいるも同然だと。僕にとって、あの行為は、限りなく、生き甲斐だと思ったんです。先生の生き甲斐が、恐らく人々の苦痛を取り払うことであるように。真っ当に生きる、僕以外の人々が感じる生き甲斐と何ら変わりない、大切なものだったんです。生き甲斐が生きることに繋がるのならば、僕が犯した行為は僕の生き甲斐であり、僕が生きる術であり、どうしようもないほどの快楽だったんです」

顔が、熱くなっているのが分かった。心臓が激しく収縮し、脳が動いているような感覚。膝の上に置いた指が、僅かに震えているのが分かった。

僕の正面に座り、僕の話を静かに聞いていた精神科医は深く息を吐き、僕の瞳を真っ直ぐに見つめた。そして徐に白衣の胸ポケットからスマホを取り出し、画面を三回タップしてから、それを耳に当てた。

何か、明確な理由があるわけではない。それが何に対してなのか、誰に対してなのか、それさえも分からない。ただ、悶々とするこの感覚は、一体何なのだろうか。限りなく苛々していて、どうしようもなくもどかしい。この憂鬱をどうにかして取り除きたいと思うが、理由が分からないのであれば、どうすることもできなかった。淀んだ感情を持ちながら思うことは、この世界から、消えて失くなりたいということ。しかし同時に思うことは、この世界から消えることへの恐怖。この世界の中で、僕の存在などあまりにも小さく、僕だけがこの世界からいなくなったところで、現実世界には何一つ変化など起きないことが証明されてしまうことが怖かった。だから、弱虫な僕は静かに願うだけ。僕が抱えている不安に、苦痛に、お願いだから、誰か気付いて。

白い煙と、灰色の煙
純粋な呼気と、不純な呼気
透明な水蒸気と、有害物質を含んだ水蒸気
材質の異なる煙が、いつか混ざり合わないかと期待した
もし混ざり合ったらどうなるのだろう？
灰色の煙は、白い煙の中に溶け込んで
純粋な呼気は、不純な呼気に侵されて
その性質に、有害物質を取り込んでしまうのではないだろうか
汚れた空気を元に戻すのには、果てしない時間を要する
だとしたら、それらは混ざり合ってはいけないのかもしれない

深淵に浮かび上がる紫煙を見た時
穏やかな風に煽られて、ゆるりと空間を移動する
線を引くように舞い上がる螺旋を
風の流れを感じることのできる
やがて消え行く儚いそれを

果てしなく、美しいと思った
あの煙のようになりたいと思った
あの煙のように、この世界から消え行きたいと思った
それと同時に
あの濁った煙は、まるで僕自身のようだとも思った
汚れた煙は、空気に溶け込もうとする
邪悪な感情に支配された僕は、世間に溶け込もうとする
そして、空気は少しずつ汚されていく
だとしたら、僕には、世間に溶け込むことは許されないのだと思う
ふわふわと空気中を漂うあの煙を見ていると
僕はどことなく心地が良いのだ
それは、あれが僕の投影だと
無意識のうちに感じていたからなのかもしれない

刃先が薄い肉と動脈を切り裂く感触を、覚えている
新鮮なヘモグロビンの薫香を、覚えている
どうしようもないほどの絶望感、虚無感
厭世感にからめ捕られていた僕を、救ってくれた
嬉しさのあまり、涙を流した
光を映さない瞳の中に、涙で歪んだ僕が映る
今までに感じたことのない高揚感、優越感
全身を蠢く生命の源が、末梢血管の隅々にまで駆け巡る感覚
肺が破裂するほどに、深く、息を吸う
そして、ゆっくりと吐き出す
僕の心臓は、動いている
美しい旋律を奏でるように
その鼓動を、確かに感じる
ああ、生きてる、僕は生きてるんだ
刹那的に駆け巡る、生命の息吹
生きていることを、限りなく実感した

命を奪う光景に魅了されて、罪のない生命を奪ってしまった
繋がれた命を、全く筋違いの方向に繋いでしまった僕は
どうしようもなく愚かで、醜く、罪深いと思う

光の見えない深淵を、僕はこれから進んでいくのだろう
そして、その道中で
きっと僕は、手足に嵌められた枷を窮屈に感じて
苦しみ、震え、どうしようもないほどの希死念慮に苛まれ
踠き、生きる意味について考えるだろう
しかし、生きる意味など、どうせ分からないのだと思う
生きている限りは
その苦しみさえ
命があるから感じられるものであることは確かだと思う
立ち止まっても良い
後ろを振り返っても良い
そこから一歩も前に進めない時間があっても良い

震える足を懸命に振り上げながら前へ進もうとする勇気も
時間の流れに取り残される孤独感の中で踏み止まる勇気も
許されて良いと思う

思い切り、苦しめばいい
思い切り、恐れればいい
思い切り、足掻けばいい
生きることを
そうやって、考えていけばいい
生きているのだから
それは、生命のある者に与えられる試練でもあり
特権でもあるのだと思う
苦しむことは、恐れることは、足掻くことは
特別なのだと感じる
呼吸をして、日差しを浴び、時間の流れを感じて、今を生きる

当たり前の、日常
しかし、当たり前ではない、奇跡
どうしようもないほどの、不思議
生きていることは、そういうことなのだと思う

しかし、僕にはもう、希望を持って歩いていくことは許されない
抱えきれないほどの罪を背負って、僕はこれから
深淵の道を歩んで行くのだろう

心臓と紫煙のカタストロフ

2023年7月3日　第1刷発行

著　者　野口《のぐち》 心《こころ》

発行者　太田宏司郎
発行所　株式会社パレード
大阪本社　〒530-0021　大阪府大阪市北区浮田1-1-8
TEL 06-6485-0766　FAX 06-6485-0767
東京支社　〒151-0051　東京都渋谷区千駄ヶ谷2-10-7
TEL 03-5413-3285　FAX 03-5413-3286
https://books.parade.co.jp
発売元　株式会社星雲社（共同出版社・流通責任出版社）
〒112-0005　東京都文京区水道1-3-30
TEL 03-3868-3275　FAX 03-3868-6588
装　幀　藤山めぐみ（PARADE Inc.）
印刷所　創栄図書印刷株式会社

ISBN 978-4-434-32079-8 C0093